Impressum

Alle Rechte am Werk liegen beim Autor
J., Jaliah
El Puerto – Der Hafen 9
Entscheidungen des Herzens
Berlin, Februar 2019
Erstauflage
Lektorat: Günter Bast, Carolin Kuttler
Cover/Bildgestaltung: Wolkenart – Marie Katharina Wölk
Covermodell El Puerto 2,4,6,8: Yves Len Unser
Facebook: Yves-Len Unser, Instagram: yvesunser

©2019
Herstellung und Verlag: BoD – Books on Demand, Norderstedt.
ISBN 978-3-7481-9317-3

www.jaliahj.de

El Puerto

Der Hafen 9

Entscheidungen des Herzens

von

Jaliah J.

El Puerto - Der Hafen 1

Ein Neuanfang

El Puerto - Der Hafen 2

Geliebter Feind

El Puerto - Der Hafen 3

Gefährliche Geheimnisse

El Puerto - Der Hafen 4

Die Schatten der Vergangenheit

El Puerto - Der Hafen 5

Gefährliche Rache

El Puerto - Der Hafen 6

Die Wege der Liebe

El Puerto – Der Hafen 7

Böse Überraschungen

El Puerto- Der Hafen 8

Unerwartete Wendungen

LOS PUENTES

GONZALES & ANNA   BRUNO † & MARIA   RUBÉN & AMA †

VIDAL & ELIAN   DANTE, SUELA & SOFIA   DALILA †, DELICIA & BENITO

SERGIO † & VALENTINA   PAOL †   NORA †

PONCE (CUCA), PIERO † & PAOLO †   5 SÖHNE, DIE DIE GESCHÄFTE IM AUSLAND LEITEN

WEITERE WICHTIGE PERSONEN

AARON - VIDALS BESTER FREUND

NACHO † - VERRÄTER DER CINCO SOMBRAS

CINCO SOMBRAS

RAMIRO & LEIRE †   RAMIRO & ANGELINA †   REHAN & EVA †

ALEJANDRO, SANTOS & PONCE   BELINDA   LEVI

RAUL † & ALICIA   RAFAEL † & PILAR †   ROSA †

ROMAN, ALENA & PETRO   ADRIAN †

WEITERE WICHTIGE PERSONEN

SUERTE † - VERRÄTER

EMILIA

'Wenn du Puerto Rico einmal in dein Herz geschlossen hast,

wird es dich nie wieder loslassen!'

Belinda versucht ihre Augen zu öffnen, doch sie schafft es noch nicht.

Sie fühlt sich, als wäre sie noch in dicker Zuckerwatte eingepackt, sie hört ein Piepen und ein Schluchzen, doch sie hat noch nicht die Kraft, ihre Augen zu öffnen.

Langsam kommen ihre Erinnerungen wieder, sehr langsam. Sie erinnert sich an die starken Schmerzen, die sie gehabt hat und ist einfach nur froh, jetzt keine mehr zu fühlen.

Sie hatte schon die ganze Zeit Schmerzen, sie hat sie in der Nacht bereits gespürt. Sie hat heute bei ihrer Freundin geschlafen, da ihre Mutter für zwei Tage zu einer Messe musste.

Als sie nachts aufgewacht ist und der Mutter ihrer Freundin von den Schmerzen erzählt hat, hat diese mild gelächelt und gesagt, dass sie sicherlich ihr Zuhause vermisst und es ihr morgen wieder besser gehen wird, wenn ihre Mutter am späten Nachmittag zurück ist.

Belinda konnte nicht mehr schlafen, die Schmerzen ließen kaum nach. Sie hat es auch beim Frühstück noch einmal erwähnt. Der Vater ihrer Freundin hat gesagt, dass sie es der Lehrerin erzählen soll, wenn es schlimmer werden sollte.

Im Unterricht war ihr dann kalt und sie hat sich immer schlechter gefühlt, doch sie haben eine Arbeit geschrieben, und als sie danach aufstehen und zur Toilette gehen wollte, hat sie nur noch gehört, wie ihre Lehrerin ihren Namen gerufen hat. Alles andere weiß sie dann kaum noch.

Sie ist im Krankenhaus wieder aufgewacht, eine Krankenschwester war bei ihr und hat ihr gesagt, dass ihr Blinddarm geplatzt ist und sie ganz schnell operiert werden muss.

Belinda weiß noch, dass sie furchtbare Angst hatte, niemand war bei ihr. Die Schwester hat ihr gesagt, dass ihre Lehrerin mit einem Arzt spricht und ihre Mutter schon auf dem Weg ist, dann hat sie eine Tablette schlucken müssen und von da an weiß sie nichts mehr.

Jetzt kann sie ihre Augen zwar nicht öffnen, aber sie hat keine Schmerzen mehr.

Sie hört eine Tür schließen und einen Stuhl verrücken und versucht, wieder ihre Augen zu öffnen. »Oh, komm her, du siehst ja fix und fertig aus. Es ist alles gut, die Ärzte sagen doch, dass sie alles gut überstanden hat. Beruhige dich.«

Belinda schafft es, die Augen zu öffnen, als sie die Stimme ihrer Tante Laura hört, sie sieht ihre Mutter und Laura, die sie umarmt. Ihre Mutter weint, Belinda schafft es nicht, die Augen weiter aufzuhalten.

»Das ist reines Glück, es hätte so viel passieren können. Ich hätte sie niemals alleine lassen dürfen.« Man kann die Stimme ihrer Mutter vor Tränen kaum erkennen, ein beklemmendes Gefühl macht sich in Belinda breit, ihre Mutter soll nicht traurig sein.

Sie versucht erneut, ihre Augen zu öffnen, damit sie sieht, dass es ihr gut geht, doch sie schafft es wieder nicht.

»Du kannst nicht jede Sekunde bei ihr sein, das geht nicht! Es ist alles gut.« Sie hört Stühle rücken, als würden sie sich hinsetzen.

»Es ist nicht alles gut Laura und das weißt du auch. Nur eine Mutter zu haben ist nicht genug. Sie hat ein Recht auf mehr und auch er hat ein Recht, von ihr zu wissen. Auf dem Weg hierher hatte ich mein Handy in der Hand, doch ich konnte es einfach nicht. Was wäre, wenn etwas passiert wäre und das nur, weil ich sie schützen will? Ich bringe sie so doch auch in Gefahr, ich kann das alles nicht immer alleine schaffen, und das Schlimmste ist, ich müsste es nicht.

Wenn du als Mutter in solch einer Situation bist, dass du dein Kind alleine aufziehen musst, dann machst du es, weil du es musst. Hast du eine Vorstellung davon, wie schwer es mir fällt, weil ich nur einen Anruf machen müsste und alles würde sich ändern? Alles? Belindas Leben und meins? Nur einen Anruf? Weißt du, wie oft ich schon das Handy in der Hand hatte in all den Jahren? Es macht mich wahnsinnig, nicht zu wissen, ob ich wirklich das Richtige tue. Vielleicht werden mich beide eines Tages für diese Entscheidung hassen. Er würde sie so lieben und es wäre alles einfacher …«

Belinda schafft es, die Augen zu öffnen. Ihre Mutter sitzt neben ihrer Tante, die ihre Hand hält und sie ansieht.

»Ja, aber es hat einen Grund, wieso du diese Nummer nicht wählst, weil sich eben nicht nur alles zum Guten ändern würde und weil du das weißt, hast du all die Jahre Belinda davor bewahrt, dafür kann dich niemand hassen.«

Ihre Mutter streicht sich die Tränen weg und nickt.

»Du hast recht, es tut nur so weh, sie anzusehen und ...«

Belinda schafft es, sich zu bewegen und beide sehen zu ihr.

Endlich hört ihre Mutter auf zu weinen und ein Lächeln setzt sich auf ihre Lippen, als sie Belindas Hand in ihre nimmt und ihre Wange küsst. Belinda ist nur froh, dass ihre Mutter aufgehört hat zu weinen. Deswegen wird sie auch nicht nachfragen, wovon genau sie gerade gesprochen haben, weil sie nicht möchte, dass sie wieder traurig wird.

»Hallo mein Engel, wie geht es dir? Ist alles in Ordnung?«

Belinda nickt. »Es geht mir gut und dir? Ich mag es nicht, wenn du weinst.«

Ihre Mutter lächelt noch mehr. »Ich habe nur geweint, weil ich mir Sorgen gemacht habe, doch jetzt geht es mir wieder gut, weil es dir gut geht.«

Belinda lächelt auch, und als ihre Mutter sich noch einmal zu ihr beugt und ihre Wange küsst, hofft sie, sie nie wieder so weinen zu sehen.

Kapitel 1

»Ich hoffe, dieses Geschäft lohnt sich auch wirklich, wenn jemand schon nicht den Mut hat, sich selbst bei uns zu melden, bedeutet das nichts Gutes.«

Sie gehen die Treppen zum Casitas hoch und setzen sich auf den Platz, den sie meistens nehmen. Von hier kann man den Hafen genau betrachten, so können sie alles sehen was vor sich geht und trotzdem etwas trinken oder essen, während sie auf eine Lieferung oder Kunden warten. Außerdem ist Pablo ein alter Freund der Familia.

Vidal setzt sich neben Elian und sieht kopfschüttelnd zu Benito, der auch diese Nacht durchgefeiert hat. Er macht das in letzter Zeit ständig, auch er feiert gerne und lange, doch sein Cousin hat kaum Schlaf bekommen in den letzten Nächten, und das sieht man. Vidal kann nur hoffen, dass man das nicht auch merkt und er trotzdem noch die nötige Konzentration aufbringt.

Er sieht, wie Dante zu Camilla schaut, die Kellnerin des Casitas, der er schon seit Wochen hinterherschmachtet. Er will gerade einen Kommentar dazu ablassen, als eine andere Frau an ihren Tisch kommt.

»Belinda, stimmt's?«

Vidal sieht hoch und betrachtet die Frau genauer. Sie haben ihm schon gesagt, dass es eine neue, sehr hübsche Kellnerin hier geben soll, doch das hat er nicht erwartet.

Vor ihnen steht eine wunderschöne Frau mit hellbraunen dicken, welligen Haaren, die sie zu einem Zopf nach oben gebunden hat. Sie hat eine zarte Bräune, aber trotzdem sieht man sofort, dass sie keine Puertoricanerin ist, sie ist zu zart und zu hell dafür, doch irgendetwas an ihr ist auch puertoricanisch.

Vidal setzt sich auf, um noch mehr zu erkennen. Sie hat ein wunderschönes Gesicht. Große Mandelaugen sehen sie alle neugierig an. Sie sind eine Mischung aus Hellbraun und Grün. Er hat noch nie so schöne Augen gesehen. Sie hat lange Wimpern, eine kleine Nase, einen Leberfleck auf der Wange und schöne herzförmige Lippen. Als sie jetzt lächelt, hat sie wieder etwas puertoricanisches, ein sexy Lächeln, wunderschön, es erinnert ihn an das von Jlo.

»Ja.« Sie sieht sie noch einmal alle an. »Was kann ich euch bringen?« Dante schafft es, endlich mal seinen Blick von Camilla zu wenden. Er lächelt sie an. »Ich nehme wieder eine Cola und Benito einen Cappuccino, er muss mal wieder wach werden. Das sind unsere Cousins Vidal und Elian. Kannst du Pablo bitte Bescheid sagen, dass Vidal da ist?«

Vidal ist schon vielen hunderten von Frauen begegnet, darunter waren auch wirklich schöne Frauen. Doch noch niemals hat eine Frau im ersten Moment, als er sie gesehen hat, solche Emotionen und Gedanken in ihm ausgelöst.

Er räuspert sich kurz und nimmt seine Sonnenbrille ab. Keine Ahnung, ob man ihm das angemerkt hat, doch Elian sieht einen Augenblick verwundert zu ihm, bevor er bestellt.

»Kannst du mir bitte auch etwas Kaltes bringen? Eine Cola am besten.« Belinda nickt und sieht nun noch einmal zu Vidal und wieder rumort es in seinem Magen.

»Und für dich?« Er muss lächeln. Sie ist wunderschön.

»Bring mir bitte auch eine Cola.«

Belinda nickt. Vidal sieht ihr hinterher, sie trägt eine enge schwarze Hose und ein rotes Top. Sie ist zart und hat doch einen guten Hintern. Ihm hat noch niemals vom ersten Moment an eine Frau so gut gefallen und so viele Emotionen in ihm geweckt.

»Was sabberst du der Kellnerin so hinterher?« Elian neben ihm lacht und stößt ihn leicht an.

»Ich denke, ich werde Dante jetzt öfter mal mit ins Casitas begleiten.« Sein Cousin sieht ihm in die Augen und seufzt leise auf.

»Es ist ein Segen und ein Fluch zugleich, stell dir das nicht so einfach vor.«

Vidal muss lachen, während er an den Tag zurückdenkt, der sein Leben von Grund auf geändert hat.

Alles hat sich geändert, in ihrer aller Leben, und ja, es ist beides zugleich gewesen, ein Segen und ein Fluch und es hat eine Liebe in ihm wachsen lassen, die er niemals für möglich gehalten hätte, würde er sie nicht selbst spüren.

Würde er all das rückgängig machen, wenn er jetzt die Möglichkeit dazu hätte? Auf Belinda und all die Probleme, die diese Liebe mit sich gebracht hat, verzichten?

Niemals, sie ist das Beste, was Vidal jemals passieren konnte.

»Unterschätz das Zeug nicht!«

Vidal lacht und reicht Elian die gedrehte Zigarette, der auch mehrere Züge nimmt. »Wir sollten uns öfter solche Pausen gönnen, ich habe vergessen, wie gut das tut.«

Vidal schließt die Augen.

Sie haben die Ware von neuen Geschäftspartnern abgenommen. Während diese jetzt verladen wird, haben sein Bruder und er es sich auf dem oberen Deck auf zwei Liegestühlen gemütlich gemacht und rauchen zusammen.

Vidal weiß nicht, wann er das letzte Mal etwas geraucht hat, wahrscheinlich auf einer Feier, als er ein weiteres Mal Belinda aus dem Kopf bekommen wollte und es nicht geglückt ist.

»Du wirst bald Vater, dann ist diese lustige Zeit hier vorbei.«

Elian lacht und lehnt sich ebenfalls zurück, während er den restlichen Stummel der Zigarette über Bord schnipst. »Ich freue mich darauf, auch wenn alles andere drum herum nicht passt, kann ich es nicht abwarten, die beiden zu sehen.«

Er spürt den Blick von Elian auf sich.

»Wir bekommen das schon hin. Haben die Churros Belinda geschmeckt?« Vidal lacht leise auf. »Sie hat sie innerhalb weniger Sekunden verschlungen.«

Es ist jetzt einen Monat her, dass sie Belinda aus diesem Krankenhaus geholt haben, wo man sie und die Babys versucht hat zu vergiften.

Ihr ging es sofort besser, die Übelkeit war vorbei und sie hat wieder zugenommen und Kraft bekommen. Vidal liebt sie über alles, doch im Moment, wo sie noch immer ihre zarte Figur hat und die Kugel an ihrem Bauch immer schneller wächst, könnte er sie die ganze Zeit nur in seinen Armen halten.

Er liebt es, sie so zu sehen.

Sie strahlt. Auch wenn alles andere ihnen noch Sorgen macht, ist diese tiefe Liebe, die sie beide nun schon zu den kleinen Babys in ihrem Bauch empfinden, stärker als all das und das spüren sie beide so intensiv, dass sie wissen, dass sie für all das eine Lösung finden werden. Sie müssen es einfach.

Es ist, als wäre Gott gnädig gewesen und hätte ihnen allen nach all dem Chaos der letzten Wochen und Monate eine Schonfrist gegeben. Vielleicht hat er gemerkt, dass er ihnen zu viel aufgebürdet hat und Mitleid gehabt. Diesen einen Monat wurden sie alle verschont und es herrschte entspannte Ruhe.

Nicht dass es ihre Probleme nicht mehr gäbe, sie wurden nur aufgeschoben, doch das hat sie alle aufatmen und Kraft schöpfen lassen.

Vidal konnte sich wieder auf die Familia konzentrieren. Sein Onkel hatte, nachdem ihr Vater gedroht hat, ihn als Anführer abzusetzen, einen Schwächeanfall. Er hat den Tod seiner Tochter nicht verkraftet und auch Delicia ging es noch sehr schlecht, sodass die Frauen beschlossen haben, für einige Wochen in die Berge zu fahren.

Ihr Vater musste sie begleiten. Vidal weiß, dass er diese Pause seiner Mutter zu verdanken hat, doch auch sie kann nicht verhindern, dass das Problem weiter besteht.

Sie kommen die Tage zurück, ihr Vater hat gleich ein Treffen zwischen den engsten Mitgliedern einberufen und wird sicherlich eine Entscheidung von Vidal erwarten.

Er hat sich entschieden, das stand für ihn nie zur Debatte, die Frage ist nur, was sein Vater nun weiter vorhat.

Belinda lebt weiter bei ihrem Vater, doch auch das wird keine Lösung sein. Sie haben ein Hotelzimmer, in dem sie alle paar Tage zusammen übernachten und sich für einige Zeit haben, doch das ist beiden zu wenig und keine Lösung, wenn die Kinder da sind.

Von Belindas Familie gibt es nicht so viele Probleme, sie halten sich zurück, auch wenn Vidal weiß, dass sie es nicht gerne sehen, doch sie möchten Belinda nicht verlieren. Auch er muss zugeben, dass es praktisch ist, wenn er unterwegs ist und nicht bei ihr sein kann, sie bei ihrer Familie zu wissen, die sie genauso liebt und schützt, wie er es tut.

Vidal hat mit ihren Brüdern und ihrem Vater nicht mehr gesprochen, sie wissen, dass sie nun alle auf seinen Vater warten müssen und dann weiterplanen können. Vidal möchte ein Treffen, auf dem man neue Einigungen findet, doch er bezweifelt, dass sein Vater jemals zu so etwas zustimmen wird. Er atmet tief ein.

»Die Männer stehen alle hinter dir, Vidal. Ich würde niemals als Anführer einspringen, und was will Papa dann machen? Selbst wieder das Ruder übernehmen? Er muss lernen, dass sich die Zeiten ändern. Die Sombras werden niemals unsere Freunde werden, doch sie sind auch nicht mehr die alten Todfeinde, die sie noch vor Benjamin waren. So krank all das war, es hat uns doch dazu gebracht, hin und wieder zusammenzuarbeiten und jetzt sieht man all das nicht mehr so eng wie noch davor.«

Er wendet sich seinem jüngeren Bruder zu, der eine Sonnenbrille trägt.

»Wer weiß das mit Alena außer mir noch?« Wahrscheinlich dachte Elian, er könne Vidal verheimlichen, dass er ständig bei Alena ist, fast täglich, doch das kann er natürlich nicht. Vidal hat schon viel früher gewusst, dass da mehr zwischen den beiden ist als nur das Gefühl der Verbundenheit wegen der Rettung.

Elian zeigt keinerlei Regung.

»Niemand, nur Belinda und du. Ich weiß auch nicht, was da genau zwischen uns ist. Das mit Belinda ist eine Sache, das haben alle akzeptiert, wenn jetzt noch rauskommt, dass Alena und ich uns sehen …

das was sich zwischen euch gebildet hat, war bevor jemand wusste, wer Belinda ist, das zwischen uns ist passiert, obwohl wir alle Risiken kannten.«

Vidal zuckt die Schultern. »Wenn es das ist, was du willst, dann ist es so.«

Er wird immer hinter seinem Bruder stehen, egal was passiert.

»Ich weiß nicht, was genau ich will, momentan unterstütze ich sie in dieser Therapie, was danach passiert, kann ich dir noch nicht sagen.«

Die Sonne wärmt sie, Vidal sieht wieder zu ihr, er könnte ewig so daliegen. »Belinda sagt, dass Alena gerade sehr glücklich ist.«

Elian schweigt und Vidal versteht dieses Schweigen. Es ist das Schweigen, was auch er lange Zeit auf den Lippen trug, als er nicht entscheiden konnte, was er tun sollte. Herz gegen Verstand, ein alter Kampf, der doch noch immer der schwerste ist.

»Wenn mir einer vor einem Jahr gesagt hätte, dass wir hier sitzen, Streit mit unserem Vater haben, Alejandros Schwester von mir schwanger und Alena in dich verliebt ist, hätte ich denjenigen wahrscheinlich erschossen.« Elian lacht. Vidal spürt, dass sein Kopf sich freier und ein wenig vernebelt anfühlt, die Wirkungen der Zigarette setzen ein und er genießt es.

»Hier seid ihr, die Ware ist fast ausgeladen. Es sieht alles gut aus, ich bin die Papiere durchgegangen und es scheint alles in Ordnung zu sein. Die Bredan-Brüder wollen noch mit uns essen gehen und über die nächste Lieferung sprechen. Das hier ist ja quasi nur der Testlauf.«

Dante und Aaron kommen zu ihnen. Aaron setzt sich neben Elian auf eine Liege und Dante stellt sich vor Vidal und sieht zu ihm hinab. Er ist jetzt knapp einen Monat verheiratet und strahlt jeden Tag wie ein Kind, das in ein Fass mit Süßigkeiten gefallen ist.

»Gute Idee, ich habe Hunger. Ich hab richtig Lust auf eine Käse-Pizza.« Vidal lacht und Elian deutet an, wie groß die Pizza sein sollte. »Habt ihr etwa eine geraucht? Das Zeug, was die zum Testen mitgebracht haben?«

Elian zieht die zweite Zigarette heraus und zündet sie an. »Wir sind verpflichtet, die Ware zu testen und sie ist gut.« Aaron neben ihm grinst und greift nach der Zigarette, um auch einen Zug zu nehmen. Vidal will sich wieder zurücklehnen und die Augen schließen, doch ein weiterer ihrer Männer hat sie entdeckt.

»Vidal, dein Schwager ist gerade angekommen und macht Stress!«

Alle sehen zu Vidal, seine Männer, sein Bruder, eigentlich alle ziehen ihn damit auf, Alejandro und die anderen Brüder von Belinda seine Schwager zu nennen. Er hasst es und deswegen erhebt er sich auch und flucht leise, die Ruhepause war viel zu kurz. Was tun die verdammten Sombras hier?

Sie haben sich alle eine Weile nicht gesehen. In den Wochen der Ruhe sind sie sich aus dem Weg gegangen und Vidal ist froh darüber. Er kann nicht behaupten, dass er Alejandro noch hassen würde, wie er es früher getan hat.

Es ist Belindas Bruder und sie haben in einigen Dingen zusammenhalten müssen, um sie zu schützen. Vor allem Alejandro und er haben einen Weg gefunden, die Liebe zu Belinda über den Hass zwischen ihnen zu stellen und das schätzt er an ihm. Sie sind die einzigen beiden, denen es zumindest ein wenig gelungen ist, normal miteinander umzugehen.

Als er jetzt die Stufen des Frachters hinabsteigt, erkennt er sofort die zwei Autos der Cinco Sombras. Er sieht Roman, der bei Pablo etwas zu trinken kauft, die Männer der Sombras, die mit gezogenen Waffen ihre Männer in Schach halten und genau in der Mitte Alejandro, der ihm entgegensieht.

Vidal seufzt leise auf, als er zu Belindas Bruder tritt.

Die Männer der Cinco Sombras nehmen ihre Waffen nicht herunter, trotzdem weiß Vidal, dass sie ihn mittlerweile nicht einfach angreifen würden, vor einigen Wochen wäre ihnen das durchaus noch zuzutrauen gewesen.

»Was macht ihr hier? Wieso mischt ihr euch in unsere Lieferung ein?« Vidal sieht Belindas Bruder genervt in die Augen.

»Ich habe einen Anruf bekommen, dass die Bredan-Brüder hier sind. Sie haben vor einem Jahr ein Anlegeverbot von uns bekommen.

Sie bringen nur Unruhe und sind dafür bekannt, zu betrügen und zu bestehlen, wieso macht ihr mit denen Geschäfte?«

Natürlich hat auch Vidal davon gehört, doch ihr Vater hat diesen Deal vereinbart.

Die Bredan-Brüder sollen einige Male versucht haben zu betrügen und nun eingesehen haben, dass sie das nicht weit bringt und ihrem Vater einen Wahnsinnsdeal vorgeschlagen haben, um wieder richtig Fuß zu fassen.

»Offenbar haben sie sich geändert und uns einen guten Deal vorgeschlagen. Die Ware ist in Ordnung. Ich übernehme die Verantwortung für sie und achte darauf, dass sie hier nichts anstellen. Wir bringen sie höchstpersönlich nachher zum Schiff zurück und sorgen dafür, dass sie wieder ablegen, sobald unsere Ware vom Schiff ist.«

Sie müssen sich beide entgegenkommen, sie haben keine andere Wahl. Nicht wenn sie sich weiter in die Augen sehen wollen, und das müssen sie, weil es um mehr als um Geld geht, es geht um Belinda und die Babys.

Natürlich regt es Vidal auf, dass Alejandro sich einmischt, doch er scheint seinen Grund zu haben und traut den Bredan-Brüdern nicht. Er möchte sie nicht hier in Puerto Rico haben. Am liebsten würde ihm Vidal sagen, dass es ihn nicht interessiert, was Alejandro will, doch er ist halt nicht nur sein Feind Alejandro.

Er ist auch Belindas Bruder, der letzte Woche für einige Tage in Paros war und für Belinda als Überraschung einen Zwillingskinderwagen gekauft hat. Sie hat sich wahnsinnig gefreut und sie liebt ihren Bruder sehr, deswegen muss Vidal sich zusammennehmen. Er spürt, dass Alejandro genau das gleiche im Kopf herumspukt, als dieser nur nickt.

»Sag mal, hast du etwas geraucht.« Nun sieht Alejandro Vidal genauer in die Augen und er kann sich ein Grinsen nicht verkneifen. »Wir haben noch andere Ware angeboten bekommen und mussten das testen ...« Alejandro unterbricht ihn und grinst frech.

»Belinda hat Roman gestern eine Zigarette weggenommen, weil sie den Geruch nicht ertragen konnte, wenn sie wüsste ...« Nun legt Vidal den Kopf schief. »Ich glaube, das wäre ihr gerade egal. Sie macht sich viel zu viele Sorgen, dass ihr Bruder das Herz ihrer besten Freundin bricht.«

Damit hat er Alejandro, der die Augen zusammenkneift. Belinda macht sich wirklich Sorgen wegen dem ewigen Hin und Her zwischen April und ihrem Bruder und man sieht ihrem Bruder an, dass es ihm auf die Nerven geht. Er will sich abwenden und deutet seinen Männern, dass sie gehen sollen, da räuspert sich Vidal noch einmal.

»Mein Vater kommt die Tage zurück. Ich werde versuchen, ein Treffen zu planen, es ist wichtig, dass wir neue Vereinbarungen treffen.« Alejandro dreht sich noch einmal um und sieht ihm in die Augen.

»Ich werde probieren, die anderen dazu zu bekommen, ich kann aber nichts versprechen.« Vidal sagt nichts mehr dazu, auch er weiß nicht, ob er solch ein Treffen überhaupt auf die Beine stellen kann, doch sie müssen es versuchen.

Er sieht zu, wie die Sombras in die Autos steigen und davonfahren, sieht zum Casitas, wo alles begonnen hat und dann zu den Bredan-Brüdern, die mit Elian, Dante und Aaron zu ihm kommen. »Dann lasst uns diese neue Freundschaft feiern.«

Kapitel 2

»Bist du aufgeregt?«

Belinda dreht sich vom Spiegel weg und zu Alena, die in ihr Appartement gekommen ist und sich hinter ihr auf die Couch setzt, während Anibal sie freudig begrüßt.

»Unglaublich, am Anfang dachte ich immer, es ist mir egal, was für ein Geschlecht die beiden haben, doch wenn ich daran denke, dass ich es gleich erfahre, wird mir ganz flau im Magen. Du wirst von Tag zu Tag größer, Anibal.«

Alena lächelt und Belinda sieht wieder in den Spiegel. April hat ihr ein Paket mit Umstandsmode geschickt, sie haben in Portland einen tollen Laden dafür. Was sie hier in Puerto Rico an Kleidung für Schwangere gefunden hat, war für sie absoluter Horror, damit hat sie sich wie eine eingepackte Weihnachtskugel gefühlt.

Das Paket kam gestern an und es sind tolle Sachen dabei. Belinda hat als Erstes ein zartes weißblau gestreiftes Kleid an. In all ihre Kleidung hat sie nicht mehr gepasst, überall kam der Bauch zu stark hervor und Belinda konnte das nicht mehr sehen. Jetzt fühlt sie sich besser.

»Ja, er wächst unheimlich schnell, mittlerweile passt er nicht mehr an mein Bettende, aber wir haben ihm einen weichen Hundekorb gekauft, in den er sich jetzt immer kuschelt und der steht an meinem Bettende. Du bist die schönste Schwangere, die ich je gesehen habe. Deine Haare glänzen, du strahlst, diese süße Kugel und deine Brüste ...« Alena lacht und kommt zu ihr.

Beim Kleid lag ein blaues Band, was ihre Cousine ihr zart über den Babybauch bindet und hebt ihn so noch ein wenig hervor.

»Ich bin ehrlich gesagt gerade nur froh, dass diese Übelkeit vorbei ist.« Alena streicht über Belindas Bauch. »Dieser Wahnsinn. Es hat fast eine Woche gedauert, bis dein Vater und Vidal dich so weit hatten, dass du die Babys nicht woanders in Sicherheit bringen wolltest.«

Diese Zeit war fürchterlich, auch jetzt ist Belinda noch sehr vorsichtig. Sie traut sich kaum noch etwas draußen zu essen und passt sehr auf, dass ihren Babys nichts passieren kann. Doch es ist schwer, die ganze Situation ist schwer.

Belinda setzt an, etwas zu sagen, da kommt Roman herein. Er wird natürlich vorher von Anibal angekündigt, der solange knurrt, bis Alena zeigt, dass es okay ist. Es ist faszinierend, wie gut trainiert Anibal ist. Niemand kann mehr unbemerkt in Alenas Nähe gelangen.

»Hey, das hier hat Santos gerade gekauft, er musste Lilly abholen und hat mir das in die Hand gedrückt.« Er hat einen riesigen Teddybären im Arm und setzt ihn auf die große Wickelkommode, die ihr Vater extra hat anfertigen lassen. Sie ist für Zwillinge und so breit, dass man zwei Babys nebeneinander auf die weiße Ablage legen kann.

So hart diese Männer hier auch alle sind, wenn es um die Kleinen geht, kaufen sie alles ganz weich und zart und es ist zu niedlich zu sehen, dass sie alle ständig an Belinda und die Babys denken. Doch genauso haben sie viele Diskussionen, immer wenn es darum geht, wie es in Zukunft aussieht, gehen ihre Meinungen natürlich komplett auseinander.

Belinda atmet tief aus, als sie wieder darüber nachzudenken beginnt. Sie belastet das ganze Thema sehr und sie versucht, sich nicht ständig damit zu beschäftigen.

Sie hatte die ersten Monate eine sehr schwere Schwangerschaft und möchte jetzt wenigstens versuchen, sie noch ein wenig zu genießen und wenn es nur für einige Stunden ist, denn sehr lange lassen sich ihre Gedanken, Bedenken und Überlegungen nicht aufschieben.

»Danke, Roman. Es ist schön, dich mal wieder lächeln zu sehen.« Alena und Belinda werfen sich einen leicht belustigten Blick zu, er hatte die letzten Tage sehr schlechte Laune und es wird gemunkelt, dass es etwas mit Emilia zu tun hat. Sie wollte nur eine Woche in einem Kloster bleiben, doch die Nonnen sind zu einem Auftrag nach Kolumbien geflogen, wo sie sich um Kinder gekümmert haben, deren Eltern umgekommen sind, und Emilia wollte sie unbedingt begleiten.

Es ist seitdem nicht ganz klar, wie lange sie dort noch bleiben wird, doch nachdem sie kurz angerufen und ihnen mitgeteilt hat, dass sie erst einmal nicht zurückkommen wird, ist Romans Laune auf dem Nullpunkt, er war nie eine Frohnatur, doch das ist schon sehr beunruhigend.

»Hmm ... der Bauch ist wirklich gewachsen die letzten Tage. Ich hoffe, ich gewinne gegen Alejandro.«

Belinda lacht leise und nimmt ihre Tasche. »Ich weiß nicht, ob ich das so gut finde, dass ihr Wetten über die Babys abschließt.« Roman grinst.

»Ich bin mir sicher, dass es zwei Mädchen sind, Alejandro geht von zwei Jungen aus.«

Belinda greift an ihren Bauch, wo sie gerade wieder einen zarten Tritt gespürt hat. »So lebendig und munter wie sie sind, können es nur zwei Jungs sein.«

Aber das wird sie ja gleich herausbekommen, sie gehen zusammen nach unten. Ihr Vater ist schon vor einer ganzen Weile aus dem Haus gegangen. Seitdem sie die Familia neu strukturiert und umgestellt haben, läuft es sogar noch besser als vorher.

Ihre Geschäftspartner spüren den neuen Wind, sie haben viel mehr im Ausland zu tun. Alejandro, Levi und ihr Vater sind viel unterwegs, während Roman und Santos in Puerto Rico alles klären und sich um die neuen inneren Kreise kümmern.

Ponce ist seit knapp vier Wochen in Guatemala, dort ist ein wichtiger Zweig ihrer Geschäfte fast zusammengebrochen und er musste sich darum kümmern. Er soll aber in einigen Tagen zurückkommen und sie sind dabei, eine Feier zu planen, für den Abend, an dem er zurückkommt.

Petro teilt sich auf, er ist in Puerto Rico, aber auch mit Alejandro und ihrem Vater unterwegs. Sie alle mögen ihn sehr und spüren, wie viel Potenzial in ihm steckt. Jeder möchte ihm alles beibringen, und wenn er jetzt bei ihnen ist, wirkt es fast schon so, als wäre er immer ein Teil dieser Familia gewesen.

»Soll ich dich fahren?« Roman und Alena begleiten Belinda noch ein Stück. Anibal rennt über die Wiesen und begrüßt die Männer, sobald aber einer zu nah an Alena herankommt, knurrt er erst einmal, bis Alena ihm zeigt, dass es in Ordnung ist, dafür tätschelt sie seinen Kopf.

Anibal ist zuckersüß und alle hier haben ihn schon tief ins Herz geschlossen, sie ahnen ja nicht, dass er ein Geschenk ihres größten Feindes ist.

»Nein, danke, ich fahre alleine hin und weiß auch noch nicht, wann ich zurück bin. Bis später.«

Sie gibt beiden einen Kuss. Man sieht Roman an, dass es ihm nicht gefällt, er weiß, dass sie den Tag mit Vidal verbringen wird, doch er ist der Vater ihrer Babys, ihr Cousin wird sich früher oder später an diese Tatsache gewöhnen müssen. Alena lächelt sie noch einmal an und Belinda geht zu den Garagen.

Alena hatte heute schon ihre Therapiesitzungen und wird ab nächste Woche zur Uni gehen, auf dieselbe wie auch Lilly, sie hatte damals, als die Sache mit Benjamin passiert ist, ja gerade die Aufbaukurse beendet und sollte zur Uni wechseln. Nun fühlt sie sich bereit, auch das wieder in Angriff zu nehmen.

Belinda ist überglücklich, Alena so zufrieden wie jetzt zu sehen. Die letzten Wochen haben ihr gutgetan. Anibal tut ihr gut, der Hund hat sie richtig zum Aufblühen gebracht und er gibt ihr Sicherheit, die sie so dringend gebraucht hat. Auch die gesamte Therapie hat ihr gutgetan. Man sieht keine Verletzungen mehr.

Die Narbe auf ihrer Nase ist dank der Laserbehandlungen nur noch ein heller Strich, auch am Körper hat sie hier und da noch Narben, doch sie fallen kaum auf oder nur, wenn man weiß, dass sie dort diese Verletzungen hatte.

Als Belinda Alena nach der Befreiung gesehen hat, hat sie niemals geglaubt, dass sie eines Tages in Alenas Gesicht sieht und ihre alte strahlende Cousine vor sich hat, doch jetzt, wenn Alena sie so anlächelt, dann ist sie wieder da.

Belinda weiß, dass die Ärzte das auch nur hinbekommen haben, weil ihre Familie das Geld dafür hat. Es sind die besten Geräte und Spezialisten eingeflogen worden, für die Nase war erst vor Kurzem zwei Wochen lang ein Narbenspezialist aus Deutschland hier, der sich nur um Alena gekümmert hat.

Ohne diese Behandlungen wäre all das nicht so gut verheilt wie es jetzt ist. Niemals bei diesen schlimmen Wunden, die sie hatte, doch sie haben alles dafür getan, damit Alena nicht jedes Mal, wenn sie in den Spiegel sieht, an diese grauenhaften Tage erinnert wird.

Zwar sind ihre Augen noch nicht ganz so glänzend und Belinda weiß auch, dass sie noch immer Probleme mit Nähe, Dunkelheit, bestimmten Geräuschen oder Gerüchen und einigen anderen Sachen hat, doch es ist so viel besser, dass ihnen allen ein großer Felsbrocken vom Herzen gefallen ist.

Auch Roman und allen anderen merkt man an, wie gut ihnen Alenas Heilung tut. Doch dass zu dieser Heilung neben Anibal und den vielen medizinischen Eingriffen und therapeutischen Stunden vor allem Elian dazu beigetragen hat, dass Alena wieder lächeln kann, weiß aus ihrer Familie nur Belinda.

Alena erzählt ihr viel von Elian. Belinda kennt Vidals Bruder, doch nicht so gut wie sie es gerne würde, es geht nicht. Sie hatte noch nicht die Möglichkeit, sehr viel Zeit mit ihm zu verbringen, mit Vidal ist das schon kompliziert genug.

Als er damals im Krankenhaus für Alena da war, haben sie ein wenig Zeit miteinander verbracht, doch damals war nicht der Zeitpunkt, sich einfach zu unterhalten und kennenzulernen.

Doch sie hat jetzt sehr viel durch Alena von ihm erfahren. Sie fand die Idee mit Anibal schon sehr schön. Allein, dass er sich selbst damit beschäftigt hat und etwas gefunden hat, was ihr hilft. Doch auch so ist er sehr liebevoll, wenn es um Alena geht.

Er kommt fast täglich zu ihren Mittagspausen und verbringt Zeit mit ihr. Er überrascht sie mit kleinen Gesten und Aufmerksamkeiten, schreibt ihr Nachrichten und bei ihm fällt es Alena auch nicht schwer, Nähe zuzulassen.

Alena ist in ihn verliebt.

Belinda weiß gar nicht, ob das Alena wirklich bewusst ist, ob sie sich darüber überhaupt Gedanken macht, was das zwischen Elian und ihr ist, oder wohin das führen kann oder wird.

Wahrscheinlich nicht, Gedanken deswegen macht sich Vidal, der neben Belinda natürlich auch davon weiß. Er sagt, dass er sich Sorgen macht um die beiden und was passieren kann, wenn das herauskommt, doch auch das schiebt Belinda erst einmal von sich.

Wenn sie eines gelernt hat in den letzten Monaten, dann, dass es nichts bringt, sich zu viele Sorgen und Gedanken über Dinge zu machen, die eh nicht zu ändern sind. Das Leben führt einen viel zu oft auf Wege, die du nie vorhattest zu gehen und überrascht dich immer wieder. Sie versucht einfach, nur noch alles auf sich zukommen zu lassen.

Belinda fährt in die Einfahrt der kleinen Privatklinik kurz vor dem Hafen. Nachdem sie der Frauenklinik nicht mehr vertraut haben, hat Vidal dort ein Stockwerk für die nächsten Monate angemietet.

Belinda konnte absolut verstehen, dass er sich Sorgen macht und nur das Beste für Belinda und die Babys will, doch als sie dann erfahren hat, dass er ein bekanntes Ärzteteam aus den USA hat einfliegen lassen, das nur hier ist, um Belinda und die Babys zu betreuen, hat sie doch zweimal nachgefragt. Auch ihr Vater konnte das nicht glauben.

Diese Ärzte sind als Team für viele Geburten der Promis in Amerika zuständig und nun von Vidal gebucht. Sie sind hier und betreuen Belinda und die Babys. Sie hat einmal in der Woche eine Untersuchung bei ihnen und einmal kommt eine der Ärztinnen zu ihr nach Hause. Sie bleiben bis zwei Monate nach der Geburt hier, da auch ein Kinderarzt dabei ist, der sich um die Babys kümmern soll.

Zugegeben, Belinda fühlt sich wirklich in guten Händen, doch sie will gar nicht wissen, wie viel das alles kostet und wie viel die Ärzte verdienen, dafür, dass sie viel Freizeit hier haben. Doch Vidal ist zufrieden und auch wenn ihr Vater und Alejandro erst skeptisch geguckt haben, sind sie mittlerweile ebenfalls beruhigter dadurch und wissen, dass Belinda und die Babys in guten Händen sind.

Eine der Ärztinnen hat ihr erzählt, dass sie in ihrer Freizeit ehrenamtlich in einigen ärmeren Gegenden aushelfen, da sie ja viel Zeit haben und Vidal sie gut bezahlt.

So hat Belinda nicht solch ein schlechtes Gewissen, doch es ist schon verrückt, als sie jetzt in die Klinik tritt, in den zweiten Stock fährt und alle dort nur auf sie warten.

Sie haben es hier extra etwas gemütlicher als in anderen Kliniken eingerichtet. Es stehen Pflanzen und Sessel im Eingangsbereich, doch die Geräte, die in den Zimmern stehen und die Ärzte in Kitteln, die sie begrüßen, lassen keinen Zweifel daran, dass das hier eine hochmoderne Klinik ist.

»Hey, da bist du ja. Geht es dir gut?« Vidal kommt aus dem Raum, wo Belinda nach der Geburt bleiben wird und trinkt ein Glas Limonade. »Ja, die Straßen sind voll, das konntest du wohl nicht für mich aus der Welt schaffen?« Sie lächelt und Vidal nimmt einen Schluck, während er zu ihr kommt und sie von oben bis unten mustert.

»Also, um genau zu sein, ich könnte schon. Ich müsste beim Polizeipräsidenten anrufen und um eine Eskorte ...« Belinda hebt die Hand, selbst das würde sie Vidal zutrauen. »Wehe.« Er lacht und auch eine der Krankenschwestern lacht leise, sie haben ihr schon oft gesagt, dass sie es zuckersüß finden, wie sehr sich Vidal um sie sorgt und sich um alles kümmert.

Sie haben sich zwei Tage nicht gesehen, und je mehr Zeit sie miteinander verbringen, desto schlimmer wird die Zeit dazwischen.

Sie hat ihn schon immer sehr vermisst, doch es wird stärker und immer schneller. Vielleicht hat das mit ihrer Schwangerschaft zu tun, wenn sie nachts aufwacht, weil eines der Babys sie tritt und sie alleine im Bett liegt, fühlt sie diese Leere, die ihr immer schwerer fällt.

Vidal gibt ihr einen Kuss auf den Mund. »Das Kleid steht dir. Der Bauch ist schon wieder gewachsen.« Dabei streicht er liebevoll über ihn. Sie weiß, dass Vidal eine ganze Weile nicht viel damit anfangen konnte, dass sie nun schwanger ist, außer dass er gesehen hat, wie sehr sie leidet.

Auch als er die Kleinen im Ultraschall gesehen hat, hat ihn das noch nicht viel näher gebracht, doch in den letzten Wochen hat sich das geändert.

Er spürt sie, er fühlt die kleinen Tritte. Dadurch, dass Belindas Bauch für Zwillinge noch nicht sehr groß ist, spürt man die beiden und ihre Bewegungen schon sehr deutlich.

Belinda spürt sie ständig, aber auch für andere sind sie hin und wieder spürbar. Das war es, was für Vidal alles geändert hat, seitdem streichelt er oft ihren Bauch und erst da wurde es für ihn auch wirklich greifbar, dass dort in ihr sein Fleisch und Blut heranwächst.

Beim letzten Ultraschall hat man schon mehr erkannt: Gesichtszüge, Arme, Beine. Dieses Mal soll ein großer Ultraschall gemacht werden, bei dem auch überprüft wird, ob die Herzen in Ordnung sind, ob die Rücken geschlossen sind, viele wichtige Details zu den Organen und ob sie zeitgerecht entwickelt sind und natürlich auch das Geschlecht.

»Kommen Sie, ich nehme erst einmal Blut ab, wir wiegen Sie, messen alles und machen die üblichen Untersuchungen.«

Vidal begleitet sie in einen der Untersuchungsräume, schreibt aber jemandem auf seinem Handy, während ihr das Blut abgenommen und sie gewogen wird. Gleich danach werden sie in den richtigen Untersuchungsraum gebracht, wo das große hochmoderne Ultraschallgerät steht.

»Hallo, Sie sehen blendend aus. Ich sage ja, jetzt beginnt die Zeit, in der Sie die Schwangerschaft genießen können.« Der Arzt begrüßt sie und Vidal und sie nehmen erst an dem Schreibtisch Platz.

»Ja, es geht mir viel besser und ich bekomme auch immer mehr Appetit. Manchmal esse ich nach meiner Portion noch bei ihm weiter.« Vidal lacht und der Arzt lächelt zufrieden.

»Das ist gut, doch an ihrem Gewicht sehen sie, dass das alles für die Babys gebraucht wird. Die letzte Blutuntersuchung hat gezeigt, dass wir die Vitaminpräparate alle optimal angewendet haben, alle Werte sind perfekt. Ich hoffe, die neuen sind auch so, wenn nicht, melde ich mich sofort. Ich habe gehört, wir sollen das Geschlecht nur aufschreiben?«

Belinda sieht zu Vidal, der nickt. »Ja, ich kann Ihnen auch nicht sagen wieso. Ich wurde darum gebeten und musste es versprechen.«

Sie weiß nichts davon. »Wem versprechen? Ich wollte heute erfahren, was … uns erwartet.« Vidal lächelt und sieht zu ihr. »Camilla, sie hat mich darum gebeten und ich verspreche dir, du wirst es heute erfahren.«

Belinda hat fest damit gerechnet, dass sie die Ergebnisse jetzt erfährt, und sieht ihn enttäuscht an. »Ich verspreche es dir, es geht doch darum, dass die beiden gesund sind. Lass sie uns ansehen.«

Der Arzt nickt und deutet zur bequemen Liege, auf der Belinda nun schon einige Male gelegen hat. Sie steht auf und beschließt, ansonsten zurück in die Klinik zu fahren, sie kann sich schon denken, was Camilla geplant hat: Es gibt Kuchen, die man anschneidet und dann sieht man die typische Farbe für das Geschlecht, doch das würde dann doch nicht mehr heute fertig werden.

Belinda legt sich hin und Vidal setzt sich neben sie. Vidal lächelt, als er nun ihren Bauch wieder richtig sieht. Der Arzt beginnt den Ultraschall und eine große Erleichterung macht sich wie jedes Mal in Belinda breit, wenn sie die Kleinen sieht.

Der Arzt fährt eine Weile auf ihrem Bauch hin und her und zeigt ihnen dann die Babys richtig.

»Sie bekommen ja zweieiige Zwillinge, Sie haben sicherlich einige Ähnlichkeiten, doch im Grunde sind es zwei Babys, die zur selben Zeit geboren werden. Auch vom Charakter können sie sehr unterschiedlich werden. Sehen Sie hier, das eine Baby dreht sich und bewegt sich gerade und das andere schläft, dabei wendet sich das Baby aber dem anderen zu. Sie werden immer eng miteinander verbunden sein.«

Belindas Herz ist voller Liebe, als sie diese beiden kleinen Wesen auf dem Schirm sieht. Man erkennt Nasen und Gesichter, sie sind schon jetzt zuckersüß und auch Vidal lächelt, als er zum Bildschirm sieht.

»Haben Sie denn schon Namen ausgesucht?« Belinda atmet aus, es drückt manchmal ein wenig, wenn der Arzt sie untersucht, besonders jetzt, wenn er bestimmte Dinge überprüfen möchte.

»Nur einen jeweils … also Ideen. Wissen Sie, die Namen der Kleinen sollten eine große Bedeutung haben, denn diese Babys werden eine besondere Bedeutung haben. Sie werden zwischen zwei verfeindeten Familien geboren und deswegen habe ich für einen Jungen den Namen Paz angedacht. Es steht für Frieden und den soll ihre Geburt bringen. Und für ein Mädchen Vida, wie das Leben, es ist ein Wunder, dass sie geboren werden. Jetzt brauche ich noch einen zweiten Namen für einen Jungen und ein Mädchen, welche dazu passen …«

Der Arzt sieht kurz vom Bildschirm weg. »Ich finde die Namen wunderschön, besonders auch deren Bedeutungen und wenn sie dann auch noch dafür stehen, ist das doch perfekt.«

Vidal sagt nichts dazu, er mag die Namen und er hat das Belinda überlassen. Ihm ist nur wichtig, dass die beiden gesund sind, was der Arzt ihnen bestätigt.

Er zeigt ihnen alles, und es ist alles, wie es sein sollte. Der Ultraschall dauert viel länger als sonst, doch als sie langsam fertig sind, hat Belinda das Gefühl, die beiden schon viel besser zu kennen. Der Arzt beendet die Untersuchung und sieht sie zufrieden an.

»Also auch wenn ich Ihnen nicht sagen soll, was Ihre Babys für ein Geschlecht haben, kann ich Ihnen doch sagen, dass ich das bei beiden hundertprozentig sehen konnte, also es ist absolut sicher. Ich schreibe das jetzt auf und gebe es Ihnen gleich mit und solange gratuliere ich Ihnen schon einmal zu zwei wunderhübschen, gesunden Babys.«

Nach zehn Minuten verlassen Vidal und Belinda die Klinik wieder, er hält den Briefumschlag in der Hand und hat kein Erbarmen, er lässt sie nicht hineinsehen. »Gehen wir noch etwas essen? Wann treffen wir Camilla und was genau hat sie vor?«

Sie gehen zu Vidals Auto, meistens nach den Arztbesuchen fahren sie noch etwas essen oder verbringen Zeit zusammen. Er bleibt stehen. Statt ihr zu antworten, beugt er sich zu ihr und küsst sie zärtlich.

Es war viel los, viel ist passiert in den Monaten und Wochen, die hinter ihnen liegen, doch diese Augenblicke halten diese hektischen

Zeiten an. Belinda fühlt sich wie am Morgen nach Dantes Geburtstagsfeier, wo sie Vidal das erste Mal geküsst hat.

Es ist so viel passiert und sie hat eine Liebe zu ihm entwickelt, die alles übertrifft, was sie bisher kannte. Die Babys in ihrem Bauch verfestigen all das noch mehr, und als Vidal sie jetzt küsst, spürt sie, dass auch er es so empfindet, sie würde niemals mehr den Fehler machen und an seiner Liebe zweifeln.

»Ich liebe dich.« Er beendet den Kuss zärtlich. »Oder eher gesagt, ich liebe euch. Wie kann man … schon so viel Liebe für etwas empfinden was … also, sie sind ja noch nicht einmal da …«

Nichts auf der Welt fiebert Belinda mehr entgegen als dem Tag, an dem Vidal seine Babys das erste Mal in den Armen hält. »Ich habe dich vermisst, du fehlst mir ständig, wir sollten …«

Vidal nimmt ihre Hand und öffnet ihr die Beifahrertür. »Wir sollten endlich eine Lösung finden, wir können keine getrennten Leben führen und zwei Kinder großziehen. Ich weiß, dass du dich mit diesem Thema schwer tust, deswegen habe ich einfach gehandelt, vertrau mir.«

Kapitel 3

April sieht dem Pärchen hinterher, das gerade ihren Laden verlässt.

Sie haben zwei Stunden hier verbracht, der Mann hat geduldig gewartet, bis die Frau sich durch sämtliche Teile der neuen Kollektion durchprobiert hat. Sie kann einfach nicht verhindern, dass sie solche banalen Sachen schön findet. Wie ein junges Mädchen, das sich zum ersten Mal einen Liebesfilm ansieht.

Lauter als sonst schließt sie die Kasse und geht das Chaos beseitigen, dass die Frau in der Kabine hinterlassen hat.

Wenn ihr jetzt jemand einen Traummann hinstellt, mit dem sie genau das haben könnte, all diese Klischees, traumhafte Beziehung, ein Haus, Kinder, glückliche Grillabende und eine tolle Nachbarschaft, verliebtes Händchenhalten und stundenlange Spaziergänge, würde sie all das nicht wählen können. Und warum nicht?

Weil ihr Herz jemanden gewählt hat, den sie seit drei Wochen nicht mehr gesehen hat.

Der ihr sagt, dass er sie liebt, ihr aber keine Beziehung bieten kann, der jedes Mal wenn sie ihm sagt, dass sie das nicht akzeptieren kann und Abstand möchte, diesen nicht mal länger als drei Tage aufrechterhalten kann, dann meldet er sich wieder und fragt, ob alles in Ordnung ist.

April seufzt leise auf.

Alejandro ist ein mächtiger Mann und sie weiß, dass er nicht damit zurechtkommt, dass er sie und seine Gefühle für sie nicht richtig in den Griff bekommt. Manchmal führen sie wirklich gute Gespräche am Handy und er sagt ihr, dass er sie vermisst, doch mehr als das streiten sie, weil sie beide unzufrieden mit der Situation sind.

Sie weiß noch nicht einmal, wann sie sich wiedersehen, er hat sich seit zwei Tagen nicht gemeldet. Beim letzten Mal war das Gespräch wieder schwieriger, weil April eigentlich vorhatte, demnächst für eine Woche nach Puerto Rico zu fliegen. Weil jedoch die einzige Aushilfe, die sie zur Zeit hat und der sie vollkommen vertraut, genau zu dieser

Zeit zu einer Familienfeier fliegt, hat sich das auch wieder erledigt und Alejandro und sie waren beide frustriert.

Belinda sagt ihr immer wieder, dass sie versuchen soll, kleine Schritte zu gehen. Immerhin haben sie Kontakt und Alejandro versucht sich nicht komplett von ihr abzuwenden, wie er es am Anfang getan hat, nachdem er ihr das erste Mal seine Liebe gestanden hat, doch sehr viel besser ist die momentane Situation trotzdem nicht.

Die Türklingel ertönt und Miri, ihre Aushilfe, kommt mit Pudelmütze und großen Kopfhörern auf den Ohren in den Laden. Es ist Februar und die Stadt versinkt im Schnee. »Hey, danke, dass du gestern noch die Ware weggeräumt hast.« Sie begrüßen sich mit einem Kuss auf die Wange. »Kein Problem, es war nicht viel los, wie war der Tag heute?«

Ihr Laden wird sie niemals reich machen, doch er läuft so gut, dass sich April ihre Wohnung, ein gutes Leben und eine Aushilfe leisten kann, viel mehr braucht sie nicht.

»Es waren schon einige Kunden da, nachher kommt noch Miss Jackson vorbei, sie macht ihren monatlichen Einkauf, ich stell dir schon mal den Sekt für sie in den Kühlschrank und mach mich dann auf den Weg. Ich muss noch einkaufen.«

April geht nach hinten, stellt den Sekt in den Kühlschrank und geht sich frisch machen. Sie hört die Klingel des Ladens erneut, doch weil Miri da ist, lässt sie sich Zeit, zieht sich noch einen dickeren Pullover über, bevor sie in ihren Winterparka schlüpft und bindet sich ihre geglätteten Haare zu einem hohen Zopf.

»Ich bin dann mal ...« April stockt, als sie an der Kasse und ihrem Tresen Alejandro bei Miri stehen sieht, in seiner Hand ein riesiger Strauß roter Rosen. Er wendet sich genau in dem Moment zu ihr um und grinst sie frech an, und das ist der Augenblick, als ihr noch einmal bewusst wird: Was auch immer ihr Traumhaftes geboten werden würde, sie kann diesen Mann niemals einfach so aufgeben.

Ihr Herz schlägt schneller und ihr Magen zieht sich vor Sehnsucht zusammen, als sie ihm in seine schönen dunklen Augen sieht. Sie liebt diesen Mann viel zu sehr, als dass es gut wäre, doch sie wird sich all das nicht anmerken lassen. Sie will ihm nicht zeigen, wie verletzbar sie ist, wie gefangen in ihren Gefühlen, denn sie würde niemals ihre Hand dafür ins Feuer legen, dass Alejandro sie nicht verletzt. Er tut es ständig und immer wieder, ob bewusst oder unbewusst.

»Alejandro ... was tust du hier?« April versucht, so gelassen wie möglich zu wirken. Miri, die hinter ihm steht, zeigt ihr heimlich an, wie heiß er ist. Sie hat schon von Alejandro gehört, hat ihn aber noch nicht gesehen. April würde am liebsten die Augen verdrehen, doch sie kann sich beherrschen, sie weiß, dass Alejandro sehr gut aussieht. Egal was er trägt.

Ob er in Puerto Rico nur eine Shorts und ein Shirt trägt, einen feinen Anzug, oder wie jetzt einen dicken Hoodie, Jeans und eine schwarze Winterjacke, er sieht immer gut aus.

»Ich dachte, ich sehe mal, wie es dir geht, deine Standardantwort ist ja jedes Mal gut und das wollte ich jetzt mal überprüfen.« Er hält ihr die Rosen hin, es sind sehr viele. April kann sie kaum halten und muss sich ein Lächeln verkneifen, als sie ihm in die Augen sieht. »Mir geht es wirklich ... gut!«

Alejandro erwidert ihren Blick und einen Moment sehen sie sich einfach nur in die Augen. April bildet sich ein, dieselbe Sehnsucht in seinem Blick zu erkennen, die sie in ihrem Herzen spürt, doch das ist unwahrscheinlich.

Sie unterbricht diesen intimen Moment und riecht an den schönen Blumen. »Danke, die sind wunderschön. Miri, ich bin weg, wir sehen uns morgen.« Sie deutet ihm zu kommen und Miri zwinkert Alejandro zu.

Etwas verwundert verlässt April den Laden, Alejandro ist genau hinter ihr. Sie braucht gar nicht zu fragen, welcher Wagen zu ihm gehört, sie geht direkt zum schwarzen SUV, der ein Autoschild der Mietfirmen am Flughafen hat. Alejandro öffnet den Wagen und April setzt sich hinein, die Rosen passen kaum auf ihren Schoß. Alejandro setzt sich ans Steuer und startet sofort.

»Okay, ich weiß, dass wir die letzten Tage nicht gerade die besten Gespräche hatten, doch etwas mehr Freude hätte ich schon erwartet.«

April sieht nicht zu ihm. »Ich freue mich, Alejandro … doch ich … denke, dass wenn du einfach so auftauchst, es auch eine schlechte Seite hat.«

Er lacht und fährt in ihre Richtung. »Was für eine schlechte Seite meinst du? Was stellst du dir vor?« Sie atmet aus und sieht zu ihm. »Ich weiß nicht, dass du mir wieder sagst, dass es nicht geht und wir Abstand brauchen oder irgendwie so etwas in der Art … so ist es doch, oder? Irgendwie so etwas hattest du vor, oder täusche ich mich?«

Alejandro ist das Lachen vergangen. Er blickt von der Straße zu ihr. Er sieht ihr in die Augen und sagt nichts. April wendet den Blick ab. Vielleicht hätte sie ihre Klappe halten sollen, den Moment einfach genießen, er ist ihretwegen gekommen und sie sorgt sofort für eine schlechte Stimmung. Doch dann berührt Alejandros Hand ihre Wange.

»Es tut mir leid, Engel, ich wollte niemals, dass du solche Angst vor meinen Entscheidungen hast.«

Sie sind schon in ihrer Straße angekommen, er hält an und sie wendet sich noch einmal zu ihm. »Ich will das, was zwischen uns ist, einfach nicht verlieren.« Sie sehen sich in die Augen. Alejandro nickt, und da es in ihrer Straße zu laut und unruhig ist, steigen sie erst einmal aus. Er greift nach ihrer Hand, während sie hoch in ihre Wohnung gehen.

»Aber ich bin eigentlich wegen etwas Positivem hier. Ich fliege gleich nach Guatemala. Ponce hat da unsere Geschäfte die letzten Wochen betreut und umstrukturiert und ich fliege jetzt zu ihm, um mir alles anzusehen und dann fliegt er mit mir zurück nach Puerto Rico. Ich habe nicht sehr viel da unten zu tun und bleibe drei bis vier Tage und ich dachte, dass du mich begleiten könntest. So haben wir ein wenig Zeit zusammen.«

April geht in ihre Küche und Alejandro schließt die Haustür hinter ihnen und zieht sich die Jacke aus. »Nach Guatemala?« Jetzt hat er sie wirklich überrascht, sie hat niemals damit gerechnet, dass er sie mitnehmen möchte. Sie dachte, er ist nur kurz hier, sie verbringen einige schöne Stunden und er lässt sie mit gebrochenem Herzen zurück.

»Ja, und ich habe das auch schon mit deiner Aushilfe gerade geklärt, sie würde die Tage für dich übernehmen, ich habe ihr einen Extra-Lohn dafür gegeben.« April stockt. »Du hast … Alejandro, ich …« Er kommt zu ihr, sie schafft es gerade mal, die Blumen in zwei Vasen zu stecken, da sie gar nicht in eine passen.

Seine Hand geht an ihre Wange und seine Präsenz bringt sie wieder aus der Fassung. »Ich möchte nicht, dass du dich schlecht fühlst, April. Es tut mir leid, dass ich dir nicht das bieten kann, was du verdienst, doch gib uns diese Chance. Lass uns für einige Tage verschwinden.« Das hört sich verlockend an, doch April weiß genau, dass das nichts zwischen ihnen ändern wird.

Als sich seine Lippen aber auf ihre legen, übernimmt ihr Herz erneut die Kontrolle und ihr Verstand setzt aus. Sie hat ihn viel zu sehr vermisst, um das nicht zu genießen. »Du fehlst mir!.« Alejandro küsst sie zärtlich, beendet den Kuss und flüstert ihr mit seiner rauen Stimme zu: »Du mir auch, Engel. Viel zu sehr.«

Alejandros Lippen küssen ihren Hals entlang. »Es tut mir wirklich leid, April, dass ich nicht so kann, wie ich es gerne würde, doch ich versuche auch, für uns eine bessere Lösung zu finden, das verspreche ich dir.«

April schließt die Augen, als seine Hand über ihren Rücken streicht und ihren BH öffnet. »Ich bin es nicht gewöhnt, so lange auf das zu verzichten, was ich möchte.« Sie muss leise lachen, doch dann umfasst er ihre Brust und sie seufzt auf.

»Ich hoffe, du lenkst dich dann nicht einfach ab.« Alejandro zieht ihr den Pullover aus.

»Es mag sein, dass es nicht leicht ist zwischen uns, doch eins ist sicher, ich habe kein Interesse an irgendjemand anderem. Ich hoffe, das glaubst du mir wenigstens.«

Auch wenn sie sehr misstrauisch ist, was Alejandro betrifft, spürt sie, dass er die Wahrheit sagt. »Dann zeig mir, wie sehr dir das fehlt und dann lass uns nach Guatemala fliegen.« Sie lächelt und Alejandro sieht ihr in die Augen.

Auch wenn sie gerade noch schneller geatmet haben, vor Sehnsucht halten nun beide einen Moment ein. »Ich liebe dich, Engel.« Sie streicht mit ihrem Finger über seine schönen Lippen. »Ich dich auch.« Und das tut sie, aus vollem Herzen.

»Weißt du noch, als ich damals noch nichts von all diesen Feindschaften und Grenzen wusste und einfach zu dir gefahren bin? Deine Männer haben mich hier abgedrängt und zu dieser Holzhütte gebracht.«

Belinda sieht auf den Wald, an dem sie vorbeifahren. »Ich wusste nicht, was ihr damals von mir wolltet, von welchen Grenzen und Regeln ihr gesprochen habt und jetzt fällt auch mir es schwer, diese Grenzen zu passieren.« Vidal greift nach ihrer Hand und küsst ihren Handrücken.

»Für dich gelten diese Grenzen nicht, mein Herz. Keiner meiner Männer würde dich anhalten.« Sie lächelt. »Ich weiß, natürlich, doch mein Vater hat mich gebeten, nicht in euer Gebiet zu fahren, wegen deinem Vater und all den Sachen, die noch ungeklärt sind. Es fühlt sich so an, als würde ich ihm in den Rücken fallen.«

Vidal seufzt leise auf. »Ich weiß, dass das nicht leicht ist mit meinem Vater, aber auch dafür wird es eine Lösung geben. Man kann jetzt auch nicht von ihm erwarten, dass er all das, was die letzten Jahre gewesen ist, von einem auf den anderen Tag vergisst. Auch wenn es momentan nicht so aussieht, bin ich mir sicher, dass er die beiden lieben wird und genauso schützen will wie alle anderen. Wir müssen ihm nur etwas mehr Zeit geben. Gerade ist er nicht da und alle meine Männer akzeptieren dich an meiner Seite, das weißt du doch, oder?«

Belinda nickt, das weiß sie. Vidals Männer haben sich daran gewöhnt, dass sie in seinem Leben ist, es ist fast so, als würde Belinda für sie nicht zu den Sombras gehören.

Trotzdem fühlt es sich merkwürdig an, jetzt in das Gebiet der Puentes einzufahren. Sie wird ihrem Vater und ihren Brüdern erst einmal nicht sagen, dass sie wieder hier war. Auch wenn sie es nie wollte und auch nie damit gerechnet hätte, spürt sie jetzt, dass sie doch bereits ein Teil dieser ganzen Feindschaft ist.

Hier hat sich einiges getan, nachdem die Bombe hochgegangen war, einige Häuser wurden neu errichtet. Alle Männer, an denen sie vorbeifahren, nicken ihnen zu oder heben die Hand. Keiner sieht verwundert zu Belinda. Sie freut sich, als Camilla aus Dantes Haus kommt.

Sie sehen sich regelmäßig, fast immer im Casitas. Vidal hält neben ihr. »Da seid ihr ja, du hast etwas für mich?« Er reicht ihr den Umschlag.

Camilla zwinkert Belinda zu. »Bis später.«

Sie verschwindet wieder im Haus und Vidal hält vor seinem. »Was hat sie vor? Du weißt doch bestimmt etwas.« Er hebt die Hände, während er aussteigt. »Ich schwöre dir, nein. Ich weiß nur, dass ich den Umschlag abgeben sollte.«

Er kommt zu ihr und hält ihr die Autotür auf. Gerade kommen Dante und Aaron aus einem Nachbarhaus von Vidal, es müsste das von Elian sein. Sie begrüßen Belinda und als Aaron lächelt und seine Hand auf Belindas Bauch legt, weiß sie, dass sie auch dem hier eine Chance geben muss, auch hier werden die Babys geliebt.

»Wisst ihr, was Camilla vorhat?« Dante lächelt und zieht Aaron weiter. »Das wirst du noch früh genug erfahren. Bis später, viel Glück, Vidal.«

Dante weiß auf jeden Fall etwas. Wozu braucht Vidal Glück? Belinda versteht immer weniger, doch als sie dann in sein Haus treten, ahnt sie, warum er sie hergebracht hat.

Sie war nicht sehr oft in seinem Haus, aber oft genug, um sofort zu sehen, dass hier einiges geändert wurde. Es wirkt alles viel heller und weicher. Davor war alles zwar teuer und edel, aber sehr kahl eingerichtet. Das Sofa ist das gleiche, doch jetzt gibt es darauf Kissen und eine helle Decke. Es stehen Blumen auf dem Tisch und in der Küche große Behälter mit Keksen, neue Teppiche und zu den Treppen Kindersicherungen.

Belinda treten Tränen in die Augen, als sie begreift, was Vidal hier getan hat. Sie sieht, dass sogar die Steckdosen schon gesichert sind, um den Pool im Garten ist ein Zaun und es ist ein neuer Babypool mit einer kleinen Regenbogenrutsche entstanden. »Du bist ...« Vidal umarmt sie von hinten und bringt sie zu der Treppe.

»Du hast noch nicht alles gesehen, komm.« Sie gehen nach oben und auch dort gibt es eine Treppensicherung. Doch das, was wirklich verändert wurde, sieht sie erst jetzt.

Das gesamte Stockwerk wurde umgebaut, Vidals Schlafzimmer und die Gästezimmer auf der einen Seite gibt es so nicht mehr. Daraus ist jetzt ein neues großes, helles Schlafzimmer geworden, mit zwei begehbaren Kleiderschränken, weichem Teppich, das große Bad von ihm ist geblieben, doch das Wichtigste ist: Zwei schöne weiße Babybetten stehen an der Wand neben dem Bett.

Er deutet zu einer Verbindungstür, die Belinda vorher nie aufgefallen war und dahinter ist ein komplett neuer Raum entstanden. Vidal hat ihr schon lange seine weiche Seite gezeigt, die wahrscheinlich nur sie zu spüren und sehen bekommt. Sie weiß, dass er sich auf die Babys freut, doch sie hat nicht geahnt, dass er das hier geplant hat und es über Wochen hinter ihrem Rücken ausgeführt haben muss.

Sie betritt einen großen Raum, in dem zwei Wickelkommoden auf hellem Teppich mit weißen Wolken stehen. Es gibt weiße Regale mit Teddybären und anderen Kleinigkeiten zum Spielen drin, sogar zwei Schaukelpferde und ein Kindertisch mit Stühlen stehen schon da.

Belinda muss sich die Tränen wegwischen, um alles weiter zu betrachten, selbst ein Bücherregal mit Kinderbüchern steht bereit. In der Ecke ist ein Turm errichtet worden, auf dem kleine Stufen nach oben führen und unten eine gemütliche Kuschelecke eingelassen ist, für Prinzen und Prinzessinnen. Es ist das schönste Kinderzimmer, was Belinda jemals gesehen hat, man sieht die Liebe, die hier hineingesteckt wurde.

Von dem Raum gehen auch nochmal zwei Räume ab, ein begehbarer Kleiderschrank für Kinder, in dem schon einige weiße Babysachen hängen, damit es noch neutral ist.

Im anderen Raum wurde ein Kinderbad eingerichtet. Mit Badewanne, kleiner Toilette und zwei Kinderwaschbecken, die Wände sind mit großen Fischen und Meerestieren bemalt, es ist wunderschön.

»Wann hast du das alles gemacht? Ich wusste nicht, dass du dich so sehr auf die Babys freust, also doch schon, aber … damit habe ich nicht gerechnet.«

Vidal hat sie die ganze Zeit in Ruhe alles erkunden lassen und sieht sie nun ernst an. »Ich möchte dich und meine Babys nach Hause holen. Denn das soll dieses Haus werden: unser Zuhause.

Ich weiß, dass es noch einiges zu klären gibt, bevor du dich hier wirklich wohlfühlst und einziehen möchtest, doch nichts anderes möchte ich. Ihr sollt hier bei mir leben, ich möchte euch rund um die Uhr um mich herum haben und dass wir als Familie zusammenleben.«

Ein ganz normaler Wunsch, jedoch nicht in ihrer Situation. Natürlich wünscht sich auch Belinda nichts anderes, doch müssen dafür noch einige Dinge getan werden. Doch am Ende möchte sie mit Vidal und den Babys zusammenleben. »Das willst du wirklich? Dass ich dir jede Nacht die Bettdecke klaue, du Windeln wechseln musst und über Spielzeugautos fällst und alle Waffen hier im Haus sicher weggeschlossen werden?«

Vidal lacht leise auf. »Unbedingt. Und du weißt, was ich noch möchte.« Sie nickt und geht zu ihm. Er hat in den letzten Wochen immer wieder mit ihr über eine Hochzeit gesprochen. Sie weiß, dass er das möchte, doch durch ihre Reaktion hat er sich wahrscheinlich niemals getraut, ihr einen richtigen Antrag zu machen.

Jedes Mal wenn er davon angefangen hat, hat sie ihn gefragt, wie er sich das vorstellt. Eine Hochzeit, mit welchen Familien? Nur weil sie jetzt schwanger ist?

All das fühlt sich nicht richtig an, es passt gerade einfach nicht und auch wenn sie weiß, dass er das versteht, konnte sie auch spüren, dass es ihn stört, dass das für Belinda gar nicht in Betracht kommt. Doch jetzt, nachdem sie gesehen hat, wie sehr er sich das alles wirklich wünscht, sollte sie es vielleicht doch noch einmal überdenken.

Sie hat viel zu viel Angst mit ihren Entscheidungen, Menschen die sie liebt zu verletzen, doch sie muss auch anfangen, sich ihr eigenes Leben richtig aufzubauen. Belinda schmiegt sich in Vidals Arme und lächelt, nimmt seine Hand und legt sie auf ihren Bauch. »Die Babys sind begeistert.« Vidal küsst sie liebevoll und lässt sie nicht los.

»Was denkst du? Kann das dein Zuhause werden?« Belinda nickt. »Wir beide müssen dafür kämpfen, dass wir dieses Leben friedlich aufbauen können, ohne jemanden damit zu verletzen, doch noch wichtiger ist es, dass es den beiden gut gehen wird. Also lass uns all das Schritt für Schritt angehen. Heute Nacht werde ich hierbleiben und wir beginnen, die ersten Schritte für unsere Zukunft zu legen.«

Vidal lacht und umfasst sie ganz. »Was hältst du davon, wenn ...« Es klingelt. »Kommt ihr rüber, es warten alle.« Belinda hört Dantes Stimme vor der Haustür.

»So schnell? Wir sind doch erst eine halbe Stunde hier.« Sie gehen zusammen die Treppen hinunter. »Offenbar hat Camilla das auch schon länger geplant.«

Dante wartet vor der Tür auf sie und sie gehen zusammen nach nebenan. Es ist ganz still im Haus, Belinda wird immer aufgeregter. Als sie dann in den Garten blicken, stockt sie.

Es gibt eine gewisse Distanz zu den Puentes. Das lässt sich gar nicht vermeiden bei der Geschichte von Vidal und ihr, und sie hatte leider nie die Chance, all die Menschen in seinem Leben so richtig kennen und lieben zu lernen, deswegen ist sie ganz gerührt, als sie jetzt auf den liebevoll geschmückten Garten sieht.

Es ist alles in weiß eingedeckt, neutral wegen des Geschlechts, in der Mitte steht eine Torte mit einem Babystrampler als Motiv, daneben ein riesiges Buffet, ein Tisch voller Geschenke und Tischen und Stühlen zum Sitzen.

Elian, Dante, seine Schwester Suela und Sofia stehen dabei, außerdem Vidals Cousin Delicia, Cuca, Benito, Aaron und zwei weitere Männer, von denen Belinda weiß, dass sie zu seinen engsten Vertrauten gehören. Camilla begrüßt sie und umarmt Belinda lange, bevor sie alle begrüßen geht. Jeder umarmt sie und zeigt ihr, dass sie hier willkommen ist.

Vidal hält sich ein wenig zurück, doch als dann Camilla sie in die Mitte des Gartens stellt und Dante sich zu ihr, lächelt er. Es wird ihm viel bedeuten, dass sie alle das hier geplant haben. Camilla sieht sich um und blickt dann zu Belinda und Vidal.

»Wir alle hier wissen, dass diese Liebe zwischen euch trotz all der Probleme, die es zwischen den Familias gibt und vor allem trotz alldem, was in den letzten Monaten passiert ist, entstanden und gewachsen ist. Wir wissen, dass es einige gibt, denen das nicht gefällt, doch wir alle hier wollen euch zeigen, dass wir euch lieben und dass wir vollkommen hinter euch und eurer Liebe und vor allem den beiden Engeln in Belindas Bauch stehen.

Wir hoffen, dass das hier euer neues Zuhause wird und diese Babys eine ganz neue Ära in Puerto Rico einleiten werden, doch egal was kommt und was passieren wird, ihr könnt euch sicher sein, dass wir hinter euch stehen.«

Vidal räuspert sich und Belinda kann ihre Tränen schon lange nicht mehr zurückhalten bei diesen wunderschönen Worten von Camilla. Es nimmt ihre einige Last von den Schultern, zu wissen, dass nicht Vidals gesamte Familie gegen sie ist und sie sieht sie dankbar an und erkennt, dass Camillas Worte stimmen, alle hier Versammelten stehen hinter ihnen.

»Und jetzt wollen wir endlich wissen, wer hier bald durch die Straßen rennen wird.«

Elian und Aaron kommen und haben große Röhren mit Sternen drauf in der Hand. Sie stellen sich neben Vidal und Belinda und zünden eine kleine Schnur an, alle treten näher und Belinda schließt einen Moment die Augen, als sie das Plopp hört und dann das aufgeregte Kreischen von Camilla und Suela.

Erst dann öffnet sie die Augen und sieht, dass blaues und rosa Konfetti auf Vidal und sie niederfällt. Vidal lacht und Belinda braucht einen Moment, bevor sie es begreift.

Vidal strahlt und küsst Belinda, als sie sich an ihn schmiegt und er ihre Tränen wegwischt.

»Willkommen zu Hause, Vida und Paz.«

Kapitel 4

»Guten Morgen.«

Am liebsten würde Roman die Augen sofort wieder schließen, als er in dunkle Augen blickt, sobald er seine geöffnet hat. Die Augen sind umrandet von dunkler Schminke, große Lippen und blonde Haare tun sich vor ihm auf und er erinnert sich vage, warum diese Frau neben ihm liegt.

»Morgen.« Roman setzt sich auf.

Er ist zu Hause, wenigstens hat er das gestern noch hinbekommen, doch offenbar ist er nach der Feier nicht alleine nach Hause gekommen. »Dein Handy hat die ganze Zeit geklingelt, ich wollte dich aber nicht wach machen. Was hältst du davon, wenn wir das, was gestern war, noch einmal wiederholen? Es war zu gut, um das nicht noch einmal ...«

»Roman!« Seine Haustür fällt ins Schloss und Petros Stimme donnert durchs Haus. Die erfahrenen Hände, die ihn gerade umfasst haben und sein Vorhaben, die Unbekannte in seinem Bett so schnell es geht wieder loszuwerden, fast ins Wanken gebracht hätten, ziehen sich blitzschnell zurück.

»Wer ist das?« Roman steht auf und zieht sich seine Boxershorts über.

»Mein Bruder, wir haben einen Termin, deswegen hat er wahrscheinlich auch angerufen. Am besten schreibst du mir deine Nummer auf und ich melde mich.« Im selben Augenblick klopft es und Petro tritt ein.

»Wir haben in zehn Minuten unseren Termin, mach schon!« Mist, Roman hat wirklich verpennt. »Oh mein Gott, du warst gestern auch da, mir ist eure Ähnlichkeit gleich aufgefallen: Wie kann so viel Schönheit nur in der Familie liegen? Es ist wirklich schade, dass ihr jetzt wegmüsst, ich mag Brüder.«

Die blonde Frau steht auch auf, sie ist nackt und Roman fällt wieder ein, wieso er sich für sie gestern entschieden hat. Petro hebt nur kurz die Augenbrauen, sein jüngerer Bruder hat sich in den letzten Wochen gehörig die Hörner abgestoßen, aber trotzdem kann man ihn mit gewissen Sachen noch überraschen.

Roman kratzt sich am Kopf, er dröhnt, er weiß nicht, was er gestern alles getrunken hat, doch es muss viel gewesen sein. »Gib meinem Bruder deine Nummer.« Er wendet sich um und geht in sein Bad direkt unter die Dusche.

Als er die Augen schließt und dieses eklige Gefühl von sich wäscht, was zu viel Alkohol und das Aufwachen neben einer Fremden in letzter Zeit ständig in ihm auslöst, hört er gedämpft Geräusche und Stimmen. Er beeilt sich und als er dann aus der Dusche tritt, hört er Petro, der das Fenster in seinem Schlafzimmer öffnet.

»Es riecht hier, als hättest du die Bar mit nach Hause genommen.« Romans Kopf schmerzt, er wischt den Dampf von seinem Spiegel und sieht sich an. Er sieht aus, wie er sich fühlt.

»Emilia hat sich übrigens vorhin gemeldet. Sie kommt in ein paar Tagen zurück, pünktlich zur Feier für Ponce. Ich soll dich grüßen.« Roman schließt die Augen und schlagartig wird ihm wieder bewusst, wieso er sich so miserabel fühlt.

Emilia wollte nur einige Tage bleiben, doch sie ist mit den Nonnen zu einer Hilfsmission aufgebrochen. Natürlich hat sie dort kein Handy und hat sich nur hin und wieder bei Petro gemeldet. Wahrscheinlich wird sie nur kurz vorbeikommen und dann zurück zu den Nonnen und dem reinen Leben, was zu ihr passt.

Das was Roman fertig macht, ist seine eigene Dummheit.

Wie konnte er auch nur eine Sekunde daran denken, dass er, genau er, etwas Festes mit jemandem anfangen könnte und dann auch noch mit jemandem wie Emilia?

Sie verkörpert alles, was er nicht ist: Reinheit, sie ist liebevoll, großzügig, hilft anderen … er öffnet die Augen wieder und sieht in den Spiegel.

Er ist ein Gangster und niemand, der Emilia zu nah kommen sollte. Er hat die ersten Tage auf sie gewartet, doch je länger sie fortgeblieben ist, umso bewusster wurde ihm wieder, wie dumm er sich verhält und was für falsche Hoffnungen er sich gemacht hat.

Es ist besser, wenn sie wegbleibt, dieses Leben hier ist nichts für sie. Sie ist zu gut für all das und vor allem für einen Kerl wie ihn, der nicht einmal den Namen der Frau kennt, die er gerade losgeworden ist.

Er trocknet sich ab, putzt sich die Zähne, bindet sich ein Handtuch um und geht in sein Schlafzimmer zurück, in dem Petro auf einem Sessel sitzt und von seinem Handy aufsieht, als Roman zu seinem begehbaren Kleiderschrank läuft.

»Hast du gehört? Schöne Grüße von Emilia.«

Roman sieht seinem jüngeren Bruder, den er noch nicht lange an seiner Seite hat, in die Augen. »Ich habe es gehört.« Doch auch wenn sie sich noch nicht lange kennen, scheint Petro zu ahnen, wie sehr das mit Emilia Roman auf den Magen schlägt.

Sie haben nicht viel darüber gesprochen, weil er das einfach nicht macht. Es bringt nichts zu reden, es ändert nichts und er will gar nicht, dass jemand erfährt, welche dumme falsche Hoffnungen er hatte, deswegen zieht er sich eine frische Shorts über, eine Jeans, Sneakers und ein Shirt und steckt sich seine Waffe ein.

»Lass uns los!« Petro steht schon und hält ihm einen Zettel hin. »Von der Kleinen.« Roman nimmt ihn, zerknüllt ihn und wirft ihn in den Papierkorb. »Ich brauch einen Kaffee, Kopfschmerztabletten und jemanden, an dem ich Dampf ablassen kann.« Petro grinst und nickt.

»Dann lass uns gehen!«

Roman meint das ernst, er möchte dringend Dampf ablassen. Sie fahren direkt los, doch Romans Kopf hämmert so sehr, dass sie am Center halten. Hier gibt es immer alles.

Ponce hatte vollkommen recht, Alina macht das alles wirklich sehr gut. Das Center ist seit zwei Wochen geöffnet und die Menschen aus der Umgebung haben es positiv angenommen. Viele Kinder kommen täglich nach der Schule her, Lilly, Belinda und Alena verbringen viel Zeit hier, doch die Leitung hat komplett Alina übernommen.

Sie hat Mitarbeiter und Köche eingestellt und alle sind sehr zufrieden, besonders ihr Vater. Das Ansehen ihrer Familia verbessert sich dadurch und sie tun etwas Gutes. Auch sie alle schauen hin und wieder vorbei, die Kinder freuen sich, wenn sie kommen und besonders, wenn sie Zeit mitbringen und mit ihnen Fußball oder Basketball spielen. Roman macht das sogar richtig gerne, doch heute haben sie nicht die Zeit dafür.

Als sie in das Center treten, sind schon die jüngeren Kinder da, die etwas früher Schulschluss hatten. Alina sitzt mit ihnen am Tisch und neben ihr einer der Lieferanten, die täglich frisches Brot bringen. Wenn man die beiden so ansieht, scheint es fast so, als gäbe es da mehr als nur ein paar Brote zwischen ihnen.

Santos hatte mal erwähnt, das Gefühl zu haben, dass etwas zwischen Ponce und der hübschen Puertoricanerin wäre, doch das ist offenbar nicht so.

Als sie sie bemerkt, kommt Alina sofort zu ihnen, auch zwei kleine Jungen kommen angerannt. »Spielen wir Fußball? Kann ich in deiner Mannschaft sein?«

Roman tätschelt ihre dunklen Haare. »Nächstes Mal, ihr Großen, wir müssen arbeiten. Hast du diese Tabletten vom letzten Mal noch? Diese Schmerztabletten, die waren richtig gut.«

Er begrüßt Alina. Als sie nickt und Petro begrüßt, geht er schon vor in die Küche und gießt sich einen Kaffee ein, nimmt sich einen Donut und die Tablette, die Alina ihr hinhält. »War eine lange Nacht, oder?« Roman schluckt die Tablette und spült sie mit herunter.

»Eher zu kurz.« Alina ist eine wirklich schöne Frau und er muss einen Moment an Ponce denken.

»Du kommst doch zur Party für Ponce?« Ihre dunklen Augen verengen sich einen Moment, es ist nur der Bruchteil einer Sekunde, doch das zeigt Roman, dass Ponce ihr nicht egal ist und er lächelt, als sie sich schnell abwendet.

»Ich denke nicht, ich habe viel zu tun und ...« Auch Petro hat sich einen Donut genommen und sieht auf seine Uhr, sie sind wirklich schon viel zu spät dran.

Er hebt die Hand. »Die Party ist nachts, da ist das Center geschlossen, also sehe ich dich dort, Alina.«

Sie gehen, der Lieferant sieht sie unsicher an. Sollte wirklich etwas zwischen Alina und Ponce sein, tut er ihm jetzt schon leid.

Im Auto lehnt sich Roman zurück und schließt noch einen Moment die Augen. Die Tablette beginnt zu wirken und es geht ihm besser.

Petro übernimmt die Führung, er merkt, dass Roman noch etwas zu müde ist. Er folgt ihm ins Café am Hafen, wo sie auf mehrere Männer treffen, die ihnen ein ganz neues Geschäft vorschlagen wollen. Sie betreiben Handel mit Tabak, etwas, was bisher noch nicht interessant für die Sombras war, doch in dem Umfang, wie sie es anbieten, könnte es interessant sein.

Roman war eigentlich sehr gespannt auf dieses Treffen, doch es fällt ihm schwer, dem Gerede zu folgen, er hat noch zu viel Alkohol im Blut, er hat zu wenig geschlafen, um das alles wieder loszuwerden. Er behält sogar im Laden die Sonnenbrille auf, erst als sie einige Proben des Tabaks zum Rauchen bekommen, nimmt er sie ab.

Petro schnippt die Zigarette weg und lehnt sich zurück, Roman gefällt der Tabak. »Was wäre, wenn wir Interesse haben, wie stellt ihr euch das vor?« Die Männer haben schon Dollarzeichen in den Augen.

»Wie wir das bereits eurem Onkel erklärt haben, bei uns in Kolumbien können wir mit dem Tabak nichts anfangen. Das ganze Land wird von der korrupten Polizei beherrscht, wir würden nur Verluste machen. Wenn wir das aber in eurem Namen verkaufen, kann uns nichts passieren. Wir würden uns um alles kümmern, ihr müsstet nichts tun. Wenn wir eine Tonne Tabak verkaufen, hat das Ganze uns tausend Dollar gekostet, wir verkaufen es für viertausend und sind noch gut im Preis dabei, und es ist gutes Zeug, das habt ihr gerade erlebt. Von den viertausend Dollar bekommt ihr zweitausend pro Tonne, wir übernehmen die Kosten und einen Gewinn von tausend und ihr müsstet nicht einmal einen Finger krumm machen, wir brauchen nur euren Namen.«

Das ist ein sehr großzügiges Angebot.

»Wir würden die erste Produktion mit zwanzig Tonnen starten. Wir bräuchten die 20.000 Dollar als Startkapital und dann bekommt ihr, wenn alles verkauft ist, in einigen Wochen 40.000 zurück, wahrscheinlich sogar schneller, wir haben schon jetzt eine große Anfrage von potenziellen Abnehmern.«

Schnell und unkompliziert gemachtes Geld. Roman liebt es, er will gerade etwas sagen, da steht Petro auf und zieht seine Waffe. »Dafür dass ihr hier unsere Zeit verschwendet, habt ihr euch eine Kugel verdient. Für wie dumm haltet ihr die Cinco Sombras?«

Roman kneift die Augen zusammen, Petro reagiert immer sehr schnell und er versteht nicht, was sein Problem ist, doch auch er steht auf und sieht seinen Bruder an.

Die Männer heben ihre Hände. »Wir sind nur mit guten Absichten ...« Petro schleudert den Beutel Tabak auf den Boden. »Keine Ahnung, woher ihr das Zeug habt, doch ihr kommt aus Venezuela, ich kenne euren Akzent. Zeigt mir eure Pässe!«

Auch wenn sie Schweißperlen auf der Stirn haben, ziehen sie ihre Pässe aus den Taschen. Petro lacht und wirft auch diese weg. »Die sind gefälscht, wo sind die richtigen? Soll ich in eurem Auto oder im Hotelzimmer nachsehen?«

Einer der Männer nickt. »Okay, ich hole die anderen Papiere aus dem Auto, es ist da vorne, eine Minute nur.« Er steht auf und geht angespannt zu einem roten Golf. Petro lacht auf und hält weiter die Waffe auf die Männer, während Roman sich die Stirn reibt.

Er hätte weiterschlafen sollen. Ohne Petro wäre er vielleicht sogar so dumm gewesen und darauf hereingefallen und die Männer wären mit ihren falschen Pässen und ihrem Geld verschwunden.

Der Motor des Wagens heult auf und rast davon und nun lacht auch Roman auf. »Da macht sich einer aus dem Staub und überlässt euch eurem Schicksal.«

Die zwei noch bei ihnen stehenden Männer deuten hinter dem Auto her. »Das war seine Idee, wir sind nur mitgekommen, um ...« Roman hat genug von dem Theater, er geht ins Café und ins Bad. Als er zurück auf die Terrasse kommt, steht Petro schon an ihrem Auto und telefoniert, von den Männern ist nichts mehr zu sehen. Er weiß, dass sein Bruder das alleine hinbekommt.

Das war nicht immer so, um ehrlich zu sein, hat er am Anfang nicht gewusst, was er mit ihm anfangen soll, mit einem der verstoßenen Kinder. Petro war absolut gegen sie, gegen sie alle. Er wollte sich nur um Emilia und diese Sofia kümmern und dann weg. Alena war es, die ihn hat aufhorchen lassen.

Sie und das, was sie wegen Benjamin erleiden musste und vielleicht auch die Angst in ihren Augen, haben ihn dazu gebracht, immer wieder Zeit mit ihr zu verbringen. Langsam ist er dann auch ihrer Mutter und letztlich auch irgendwann ihm nähergekommen.

Roman ist nicht der Typ, der ihm um den Hals gefallen wäre und um den Bruder geweint hätte, den er erst so spät hat kennenlernen dürfen, doch er hat seitdem jeden Tag Kontakt zu ihm. Wirklich jeden Tag, und selbst wenn sein Bruder weg ist, telefonieren sie mindestens einmal.

Wenn Roman etwas zu erledigen hat, nimmt er Petro mit und wenn sie nichts zu tun haben, kommt er bei ihm vorbei, setzt sich auf seine Couch und sieht sich einen Film an. Das könnte er mittlerweile auch in seinem Haus machen, doch Petro tut es bei Roman, selbst wenn der gar nicht mit guckt, sondern etwas am Laptop bearbeitet.

So gehen sie mit dieser Sache um, es ist einfacher und doch sagt es deutlich aus, wie sie empfinden.

Petro hat sich seine Worte wegen Alena zu Herzen genommen. Auch wenn er am Anfang vor allem ihretwegen geblieben ist, so hat er doch immer einen gewissen Abstand gehalten. Nachdem Roman mit ihm gesprochen hat, hat er angefangen, bewusst Zeit mit Alena zu verbringen.

Sie gehen zusammen essen, er verbringt den Abend mit ihrer Mutter und ihr zusammen, er gibt sich Mühe, auch für die Familia. Sein jüngerer Bruder hat ihm letztens gesagt, dass er niemals eine Familie gesucht hat, doch er ist dankbar, sie jetzt gefunden zu haben.

Roman setzt sich schon ins Auto, Petro steigt hinter das Steuer und beendet das Gespräch. »Das hast du gut gemacht, woher weißt du, dass das Venezolaner waren?«

Petro fährt aus dem Hafen heraus in Richtung ihrer Cuidad.

»Am Akzent, bei uns war einige Jahre eine Nonne aus Venezuela und sie hatte genau den gleichen Akzent. Das war gerade Santos, er grillt bei sich, Lilly bringt ihre Freundin mit und er fragt, ob wir auch vorbeikommen.«

Roman setzt sich die Sonnenbrille wieder auf.

»Nein, ich lege mich wieder schlafen. Diese Rothaarige, auf die du so stehst?«

Petro sieht zu ihm. »Ja die … ich stehe nicht auf sie.«

Roman lacht leise auf. »Doch, tust du. Ich sehe das jedes Mal, wenn wir sie mit Lilly treffen. Sie ist hübsch. Doch willst du wirklich schon etwas Festes? Du musst da aufpassen, du siehst ja an Belinda und Alejandro was passiert, wenn man sich auf Freundinnen von unseren Frauen einlässt.«

Ponce sieht wieder auf die Straße.

»Das ist … daran denke ich nicht. Und wenn man sich in eine Frau verliebt, passiert das einfach, egal ob du das möchtest oder nicht, oder ist das mit Emilia anders?«

Nun sieht Roman zu seinem kleinen Bruder. Da will er ihn ein wenig ärgern und das geht voll nach hinten los.

»Sag mir jetzt nicht, sie bedeutet dir nichts. Seit sie beschlossen hat, länger wegzubleiben, stehst du völlig neben dir.« Roman legt den Kopf schief.

»Ich stehe immer neben mir. Ich feiere gerne und habe ständig Frauen, so bin ich. Du liebst doch Emilia, möchtest du echt, dass jemand wie ich ihr zu nahe kommt und ihr diese Reinheit nimmt? Glaub mir, wir beide wissen genau, dass es nicht gut wäre, wenn ich mich wirklich in Emilia verlieben würde.«

Petro wendet noch einmal seinen Blick zu Roman, schweigt aber, denn er kann ihm nicht widersprechen. Für Emilia ist es das Beste, wenn er sich von ihr fernhält und nichts anderes hat er vor, wenn sie zurück ist. Die dumme Idee, dass er und sie jemals mehr als Freunde sein könnten, hat er schnell wieder aufgegeben, sie ist viel zu gut für einen Kerl wie ihn.

Kapitel 5

»Nicht einschlafen!«

Santos wendet sich zu Lilly um und streicht über ihre Wange.

»Ich bin wirklich müde, ich habe die letzten zwei Nächte nur vier Stunden geschlafen. Diese Prüfungen machen mich fertig.«

Er weiß nicht, ob er schon jemals so nervös war wie in diesem Augenblick, doch er versucht, sich nichts anmerken zu lassen. »Deswegen habe ich dich auch vom Schreibtisch weggezogen, du musst mal einige Zeit abschalten.« Lilly lächelt und sieht wieder nach draußen.

»Fahren wir zum Strand?« Sie wollte nicht wissen, wohin es geht, doch natürlich kennt sie Puerto Rico auch sehr gut und merkt irgendwann, wohin Santos sie bringt, aber er hat sie gut abgelenkt und als sie es bemerkt, sind sie schon fast da.

Die Sonne beginnt gerade unterzugehen.

Santos hält und sie steigen aus. Sie waren eine Weile nicht mehr hier, dabei hat dieser Strand immer eine große Bedeutung für sie gehabt.

Für sie alle.

Hier wollte Lillys Mutter noch einmal hin, bevor sie von ihnen gegangen ist, hier haben sie viele schöne Stunden zusammen verbracht. Es wird immer ein Strand voller Erinnerungen sein und nun möchte Santos eine weitere hinzufügen.

Sobald sie die Böschung zum Strand überqueren, kann man auf das blicken, was er vorbereitet hat, oder hat vorbereiten lassen.

Der Strand ist leer. Einzig eine weiche braune Decke mit mehreren Kissen liegt auf dem Sand, drumherum sind Fackeln angezündet, Rosenblätter wurden überall ausgestreut und ein Korb mit Leckereien und Champagner steht dort.

»Du bist verrückt, ich dachte, das wäre ganz spontan gewesen, du musst das ja geplant haben.« Lilly kuschelt sich an ihn, als Santos seinen Arm um sie legt.

»Das ist wunderschön, Santos.«

Er will etwas sagen, doch sein Herz schlägt ungewöhnlich schnell, das kann doch gar nicht sein. Er hat schon so viel erlebt, so viel mitgemacht, auch mit Lilly, doch das hier macht ihm wirklich weiche Knie.

Sie gehen zusammen zur Decke und Lilly legt sich sofort hin. »Du bist der Beste.« Sie streckt ihre Arme nach ihm aus. Santos legt seine Waffe beiseite und legt sich auf sie, ohne sie zu beschweren.

»Du hast nur das Beste verdient.«

Er küsst sie und weiß genau, dass er hier das Richtige tut, daran hat er keinen Zweifel, nicht mal einen kleinen, er hat nur Bedenken wegen ihrer Reaktion.

»Du weißt gar nicht, wie sehr ich dich liebe, das ...« Lilly bricht ab, als sie einen Moment den Himmel über ihnen erblickt und setzt sich schnell auf, was Santos dazu bringt, von ihr herunterzugehen und sich neben sie zu setzen.

Deswegen ist er genau jetzt mit ihr hergekommen. Die Sonne geht unter und der Himmel über ihnen verfärbt sich in den schönsten Farben. Während Lilly begeistert nach oben blickt, sieht er von der Seite auf ihr wunderschönes Gesicht.

Er liebt alles an ihr, das hat er schon immer getan.

Sie ist sein Herz, sein Leben. Ihm war gar nicht bewusst, wie er nur dahinvegetiert ist, als er sie verloren hatte, sein Stolz hat ihn das nicht merken lassen, doch jetzt weiß er genau, dass er das niemals wieder verlieren möchte.

Zwei Delfine springen aus dem Wasser und helfen Santos so, seinen Plan ganz auszuführen. Lilly steht auf, um sie genau sehen zu können. »Sieh doch, Santos, das ist es. Frankreich kann noch so schön sein, das ist es, was Puerto Rico so einzigartig macht, es gibt kein Land, was so schön ist.«

Santos zieht die schwarze Schatulle aus seiner Jeanstasche und steht ebenfalls auf.

»Deswegen hoffe ich auch, dass du Puerto Rico niemals wieder verlassen wirst.«

Lilly sieht weiter aufs Meer, auch wenn man immer weniger erkennen kann, weil es dunkler wird.

»Habe ich erst einmal nicht vor.« Sie wendet sich zu ihm und lächelt. Als sie ihm in die Augen sieht, vergeht ihr das Lächeln schnell wieder und sie legt den Kopf schief.

»Was ist los, Santos? Du bist die ganzen letzten Tage schon so fahrig.«

Er atmet einmal durch, es ist so weit. Er wird diesen Schritt gehen, einen Schritt, der sich auf sein ganzes Leben auswirken wird.

»Weil ich das tun werde, was das einzig Richtige ist und was ich mir von ganzem Herzen wünsche.«

Lilly setzt an zu fragen, was es ist, doch Santos nimmt ihre Hand in seine und geht vor ihr auf die Knie, was sie einhalten lässt.

Als sie die schwarze Schachtel in seinen Händen sieht, hebt sie ihre zarten Finger an ihren Mund und Tränen bilden sich in ihren Augen, auch wenn er noch kein einziges Wort gesagt hat. Er muss lächeln, als er in ihr wunderschönes Gesicht sieht.

Ihre langen blonden Haare werden vom leichten Wind umhergeweht, sie ist perfekt, sein Leben, sein Herz.

»Ich hoffe wirklich, dass du für immer hierbleiben wirst, mein Engel, hier bei mir. Ich weiß gar nicht, wie oft ich dir gesagt habe, dass ich dich liebe und vor allem, wie sehr ich dich liebe. Ich weiß nicht, ob du wirklich begreifen kannst, wie stark meine Gefühle für dich sind.

Du bist alles für mich, meine beste Freundin, von klein auf an meiner Seite, der Mensch, der mich vielleicht am allerbesten kennt, mein Herz, mein Engel, mein Glück und vor allem möchte ich, dass du meine Frau wirst und die Mutter meiner Kinder. Ich habe keinen Zweifel daran, dass wir beide zusammengehören und das für immer und deswegen möchte ich dich fragen, ob du meine Frau werden möchtest, Lilly?«

Sie hat noch immer Tränen in ihren Augen, langsam kullern die ersten über ihre Wange.

Es war gar nicht so schwer, wie Santos sich das vorgestellt hatte, er hat nichts einstudiert oder geprobt, er wollte einfach sein Herz sprechen lassen und das hat er getan. Nun kann er nur noch hoffen, dass sie das genauso möchte wie er.

»Endlich fragst du mich.«

Santos stockt einen Augenblick, er war auf alles vorbereitet, aber nicht darauf, doch Lilly geht ebenfalls auf die Knie und legt ihre Hände an sein Gesicht.

»Ich wollte noch nie etwas anderes als deine Frau werden. Ob ich zehn oder zwanzig Jahre alt war, ich habe immer nur darauf gewartet, dass du mich endlich fragst.«

Sie lächelt liebevoll und Santos küsst ihr die Tränen von den Wangen. »Ich wollte einfach nur auf den richtigen Augenblick warten.«

Er nimmt ihre Hand erneut in seine und steckt ihr den zarten Ring an, den er sehr schnell ausgewählt hat. Er ist zart und doch extrem kostbar, genau wie Lilly. Sie sieht sich ihre Hand mit dem Ring an und wischt sich ihre Tränen weg.

»Ich wünschte, unsere Mütter könnten das noch sehen. Sie würden sich von ganzem Herzen freuen.«

Santos nickt. »Ich bin mir sicher, sie sehen gerade zusammen zu.«

Lilly lächelt. »Du weißt gar nicht, wie glücklich ich bin.« Er beugt sich zu ihr und gibt ihr einen Kuss. »Für immer!«

Lilly sieht ihm fest in die Augen. »Für immer!«

Elian ist heute später dran.

Er beeilt sich, er nimmt schon in den letzten Wochen den Hintereingang und geht direkt in den grünen Garten des Therapiezentrums.

Alena erfährt schon lange, bevor sie ihn bemerkt hätte, dass er da ist. Anibal zeigt es ihr und sobald sie ihm den Kopf tätschelt und somit deutet, dass es okay ist, kommt er zu Elian gerannt und begrüßt ihn freudig.

Elian hat einen kleinen Kochen für ihn dabei und gibt ihm diesen. Alena sitzt auf ihrer Bank, auf der sie so viel Zeit verbracht haben. Oft haben sie es sich auch dem Rasen davor gemütlich gemacht. Es ist Alenas letzte Woche in dem Therapiezentrum, sie wollte heute mit dem Arzt besprechen, wie es weitergeht.

Sie hat sehr viele Fortschritte gemacht, es erinnert nicht mehr viel an die gebrochene Frau, die Elian aus dem Affengehege gerettet hat.

Als sie jetzt von ihren Blättern hochsieht und ihm entgegenblickt, ist das dieselbe Frau, die Elian damals an der Tankstelle getroffen hat und die solch einen Eindruck bei ihm hinterlassen hat, dass er immer wieder an sie denken musste.

Alena ist seine Traumfrau, äußerlich und innerlich, und das in jeder Sekunde, die er mit ihr verbracht hat. Als er für sie da war im Krankenhaus, mit ihren vielen inneren und äußeren Wunden, als er sie in seinem Haus versteckt hat. Sie hat sich vom ersten Moment an in sein Herz geschlichen, es wäre dumm, das abzustreiten, nachdem er die letzten Wochen fast täglich hier war.

Er hat noch nie so viel Zeit mit einer Frau verbracht, ohne dass mehr als nur einige Küsse zwischen ihnen waren. Niemals, doch bei Alena reicht ihm das zur Zeit vollkommen.

Er ist zufrieden, so merkwürdig das ist, er sollte gar nicht hier sein. Sie treffen sich täglich eine Stunde in einem Therapiezentrum, niemand darf das wissen und er muss noch immer aufpassen, nicht zu schnell bei Alena vorzugehen, doch trotzdem ist er zufrieden.

Er freut sich jedes Mal, wenn er herkommt. Er vermisst sie. Sie schreiben sich auch den Tag über, doch er genießt diese Zeit, die sie hier zusammen verbringen, sehr. Wenn er mal einen Tag oder mehrere nicht kommen kann oder am Wochenende, fehlt ihm das hier richtig.

Doch ihr ruhiger Rückzugsraum hier ist nur noch diese Woche für sie da. Elian hat das immer von sich geschoben, doch die Therapie ist zu Ende und er weiß noch nicht, wie es dann weitergehen soll. Eigentlich sollte es nicht weitergehen, doch für Elian ist es kaum vorstellbar, dass er auf diese Treffen verzichten kann.

»Hey, ich stand im Stau, hast du schon etwas gegessen?« Er öffnet ihr die Box mit den Nudeln, die er besorgt hat, nachdem er ihr einen Kuss auf den Mund gegeben hat.

Natürlich kennt er sie jetzt schon ziemlich gut, doch trotzdem wirft ihn ihr Anblick jedes Mal um, er kann sich nicht sattsehen an ihr. Heute trägt sie einen schwarzen Rock und ein enges schwarzes Top. Langsam beginnt sie, wieder mehr Haut zu zeigen, ihre Narben sind kaum noch sichtbar und Elian stört keine von ihnen.

Sie trägt einen hohen Zopf, ihre Haare sind wieder lang geworden, ihre schönen grünen Augen strahlen ihn an und ihre Wangen sind leicht gerötet, sie scheint tief in die Papiere versunken gewesen zu sein.

»Nein, danke. Ich habe meinen Plan bekommen. Die Therapie ist offiziell beendet. Zumindest die intensive.« Elian setzt sich zu ihr und sie lächelt, bevor sie ihren Kopf einen Moment an seine Schulter lehnt.

»Ich war die ganze Zeit so unsicher und aufgedreht mit all diesen neuen Schritten und dann kommst du und ich sehe dich an und diese Ruhe breitet sich wieder in mir aus.«

Elian küsst ihre Stirn. »Zeig mal her. Was ist geplant?«

Alena zeigt ihm die Pläne der nächsten Wochen. »Ich habe morgen und übermorgen noch einige Anwendungen und dann am Freitag sozusagen ein kleines Abschiedsessen mit meinen zwei wichtigsten Ärzten. Danach komme ich nur noch einmal die Woche am Nachmittag zu Therapiesitzungen und Behandlung der Narben. Das war's. Ich beginne nächste Woche ja auch an der Uni.«

Sie lächelt matt.

Ihnen ist beiden klar, dass das, so gut es auch für Alena und ihren Fortschritt sein mag, bedeutet, dass sie sich nicht oder nur noch unter Schwierigkeiten sehen können.

»Weiß deine Familie schon von diesem Plan?« Alena packt die Papiere zusammen, ihre Pause ist gleich vorbei, Elian hat zu lange gebraucht. »Nein, sie wissen nur, dass das meine letzte Woche hier ist.«

Sie setzt sich wieder auf und nimmt ihren Kopf von seiner Schulter. Elian zieht sie auf seinen Schoß, diese Nähe kann sie zulassen, auch wenn er weiß, dass ihr das nur bei ihm und ihrer Familie gelingt. Sie legt die Arme um seine Schulter und sieht ihm in die Augen, während er sich zurücklehnt.

»Das bedeutet, du hast Freitag komplett frei, deine Familie denkt, du bist bis zum späten Nachmittag hier. Lass uns wegfahren. Ich hole dich morgens hier ab und bringe dich am Nachmittag zurück und wir verbringen noch einmal richtig Zeit zusammen.«

Er müsste eigentlich nach Honduras fliegen, doch er wird Benito das übernehmen lassen. Sie zögert. »Wenn das herauskommt ...« Elian atmet tief ein, sie wissen beide, dass das eine Katastrophe auslösen könnte. Bevor er sie allerdings beruhigen kann, nickt sie nur entschlossen.

»Ja, das machen wir. Ich möchte bei dir sein.«

Herrgott, diese Frau macht ihn wahnsinnig. Er legt seine Hand an ihre Wange und küsst sie. Mittlerweile öffnet sich Alena ihm schon ganz selbstverständlich, sie schmiegt sich an ihn und Elian liebt das Gefühl, ihr so nah zu sein.

Sie beide wissen, was sie hier für ein Risiko eingehen. Es fühlt sich an, als würden sie in einem Auto auf einen Abgrund zurasen, doch statt anzuhalten, geben sie noch mehr Gas, weil es sich viel zu gut anfühlt, um zu stoppen oder eine andere Richtung einzuschlagen.

Knapp eine Stunde später fährt er in ihre Cuidad ein, er fühlt sich schuldig. Schuldig, weil er viel dafür riskiert, doch Alena ist auch nicht irgendjemand für ihn oder einfach nur ein bisschen Spaß, trotzdem weiß er, dass das nicht im Sinne der Familia ist und bisher hat er immer im Sinne der Familia gehandelt.

Er will eigentlich zu Benito, um das wegen Donnerstag zu klären, doch er sieht mehrere Autos vor ihren Häusern stehen und seine Mutter, seine Tanten, seine Cousine und seinen Onkel. Die Tanten und Onkel scheinen gerade erst angekommen zu sein und alle begrüßen sie. Auch Benito kommt dazu.

Elian steigt aus. Sie haben sie erwartet, sie wussten nur nicht, wann genau sie zurück sein werden. Seine Mutter beginnt zu strahlen, als sie ihn erblickt, er umarmt sie, sie fehlt ihm immer, wenn er sie einige Tage nicht gesehen hat.

Dann gibt er seinen Tanten einen Kuss. »Elian, du siehst so besorgt aus. Geht es dir gut?« Seine Mutter streicht ihm liebevoll über die Wange, als wäre er noch zehn Jahre alt und seine Probleme würden sich mit einem Riegel Schokolade in Luft auflösen.

Er sieht zu seinem Vater. »Es kommen schwere Zeiten auf uns zu.«

Auch seine Mutter ist besorgt. Er weiß, dass sie all das nicht möchte, doch auch sie traut Belinda nicht über den Weg und steht hinter ihrem Vater, was er verstehen kann, doch so kommen sie nicht weiter.

»Ihr sprecht kaum mehr miteinander, das darf unsere Familie nicht zerstören, Elian.« Er nickt nur, er mag es nicht, seine Mutter so besorgt zu sehen, doch er kann es ihr auch nicht abnehmen, nicht so, wie die Dinge zur Zeit laufen.

»Lasst uns reingehen, wir haben etwas gekocht.« Maria hilft Elian aus der Situation und die Frauen gehen alle ins Haus ihrer Tante, während ihr Vater mit seinem Onkel und Benito etwas bespricht.

Als Elian zu ihnen tritt, sieht er ihm in die Augen.

Auch für ihn ist das alles nicht leicht. Er liebt seinen Vater, er war immer sein großes Vorbild, es gab nie Probleme zwischen ihnen, doch zur Zeit haben sie kaum Kontakt, als wäre sein Vater sauer, dass Elian ihm in dieser Sache nicht folgt.

»Da bist du ja. Da Vidal gerade in Chile ist, wird am Freitag die Besprechung der inneren Kreise stattfinden und am Wochenende geben wir unsere Entscheidung der gesamten Familia bekannt. Ich mache ...«

Elian lacht bitter auf. Ihr Vater verliert keine Zeit.

»Unsere Entscheidung? Papa, was stellst du dir eigentlich vor? Was soll denn dabei rauskommen? Erwartest du tatsächlich, dass sich Vidal gegen die Frau die er liebt und seine beiden Babys stellt? Ist das dein Ernst? Ich verstehe dich nicht mehr. Du hast Vidal immer vollkommen vertraut und auf ihn gebaut, wieso tust du deinem Sohn das jetzt an?«

Ihr Vater wird sofort wütend.

»Diese beiden Babys sind Sombras ….«

Elian unterbricht ihn. Er hatte nicht die Chance, alleine mit ihrem Vater zu sprechen, jetzt neben Benito und seinem Onkel tut er es.

»Sie heißen Vida und Paz und sie sind deine Enkelkinder. Vidal liebt Belinda und er war bereit, für sie zu sterben, er wird sie nicht gehen lassen und das erwartet auch niemand von uns außer dir. Du bist der Einzige, der mit alldem ein Problem hat. Keiner aus der Familia hat etwas gegen Belinda, wir alle stehen weiter zu Vidal. Und Papa, falls du denkst, dass du mich an Vidals Stelle setzen kannst, vergiss es.

Ich werde ihm niemals in den Rücken fallen. Verlange nicht von mir, dass ich mich zwischen meinem Vater und meinem Bruder entscheiden soll. Werde wach, es droht keine Gefahr. Ja, wir müssen mit den Sombras neue Einigungen finden und werden mehr mit ihnen zu tun haben, doch wir müssen nicht mit ihnen zusammenarbeiten oder vergessen was war. Es wird Zeit umzudenken, denn wenn du so weitermachst, verlierst du Vidal. Und auch wenn ich weiß, dass dein Hass auf die Sombras tief sitzt, kann ich mir nicht vorstellen, dass er so tief sitzt, dass du deinen Sohn dafür verlieren möchtest.«

Er sieht, dass sein Vater immer wütender wird, doch auch er kann sich kaum mehr beherrschen und wendet sich zum Gehen ab, um Schlimmeres zu verhindern. Als er sich dann doch noch einmal umsieht, schweift sein Blick einmal zu allen, die hier stehen. Sein Onkel hat den Blick gesenkt, während Benito ihn ansieht, sie denken genau wie er.

»Du solltest bis Freitag wirklich darüber nachdenken, ob du unsere gesamte Familie und Familia nur wegen dem Hass auf die Sombras zerstören willst. Nicht Belinda ist es, die all das hier gefährdet, du bist es gerade. Sie ist die Frau, die Vidal liebt, du solltest dem eine Chance geben.«

Elian geht zu seinem Haus, ohne eine Antwort abzuwarten. Er war nie respektlos zu seinem Vater und auch jetzt hat er sich sehr zurückgehalten, doch er musste jetzt gehen, um diese Situation nicht ausarten zu lassen.

Als er in sein Haus kommt, schließt er die Tür und atmet schwer aus. Freitag wird sich viel entscheiden und er kann nur hoffen, dass sein Vater sich seine Worte zu Herzen nimmt und nicht all das hier zerstört.

Kapitel 6

April schließt die Augen.

Ein wunderschönes Summen gleitet durch ihren Körper.

Sie weiß nicht ob sie schon jemals so glücklich war wie in den letzten Tagen. Es ist traumhaft hier.

Alejandro und sie wohnen in einem Strandhaus, es ist purer Luxus, alles ist aus Holz und in weiß, auch jetzt liegt sie gerade auf ihrem weißen Strandbett. Die Tücher des Betthimmels wehen um sie herum, das Geräusch der Wellen des Meeres, der Geruch des Salzes, alles ist perfekt.

Alejandros Männer und sein Bruder leben einige Straßen weiter. Da haben sie die Villen ihrer Männer, doch Alejandro wollte für April und sich eine kleine Auszeit ganz abgeschieden von allem nehmen und hat ihnen das Haus gemietet.

Er hat sein Wort gehalten. Alejandro war die drei Tage nur zweimal kurz weg. Jetzt ist er auch nur mit Ponce den Abschluss der Dinge machen, die sie hergeführt haben und kommt jeden Moment zurück. Allerdings geht ihr Flug in zwei Stunden und das ist es, was diesem letzten Tag ein wenig die gute Stimmung nimmt.

Sie haben in den Tagen nicht darüber gesprochen, nicht über das, was kommen wird, nicht, was aus ihnen wird, nicht an die Zukunft gedacht, sondern diesen Moment genossen.

Sie sind im Meer geschwommen, haben sich in den Armen gehalten und geliebt, immer wieder. Es war, als wären sie zu einem verschmolzen in diesen wenigen Tagen. Man kann Jahre miteinander verbringen und sie nicht so intensiv erleben, wie April und Alejandro sich die letzten Tage nähergekommen sind.

Gestern waren sie ein wenig in der Gegend spazieren, sind über kleine Märkte geschlendert und haben mit Ponce und einem weiteren Mann etwas gegessen, doch sonst haben sie sich völlig zurückgezogen.

April hat für sie gekocht oder Alejandro hat gegrillt. Sie haben aus Kokosnüssen getrunken und die halbe Nacht am Lagerfeuer am Meer verbracht und tausende von Sternen beobachtet.

Alejandro kennt nun fast jedes Detail aus Aprils Leben. Auch sie konnte ihm einiges entlocken, doch vor allem haben sie sich gesagt und gezeigt, dass sie sich lieben und dass das auch nicht nur so ein leichtes vergängliches ineinander-verliebt-sein ist, sondern dass das mehr ist zwischen ihnen.

April schafft es nicht, ihre Augen zu öffnen, erst als zarte Lippen ihre Waden und dann ihre Schenkel entlang küssen und Alejandro sich auf sie legt, öffnet sie die Augen wieder.

»Du bist ja schon wieder da.«

Sie legt ihre Arme um seinen Hals, als er ihr einen zarten Kuss auf die Lippen gibt. »Ja, ich habe mich beeilt. Was tust du hier draußen?« April sieht kurz zum Meer. »Ich wollte noch einmal schwimmen, doch ich bin hier hängengeblieben. Die Nacht war kurz ...« Alejandro nickt. »Das war sie.« Sie lacht auf, als Alejandros Hand unter ihren Rock fährt.

Sie beide sind unersättlich, sie können nicht die Hände voneinander lassen, April hatte noch niemals so viel Sex wie in den letzten Tagen, sie hätte gedacht, man kann einfach irgendwann nicht mehr, doch als er unter ihren Slip fährt, kribbelt alles in ihr erneut auf.

Das hier wäre die Chance, mit Alejandro zu sprechen, ihn zu fragen, ob er endlich seine Meinung zu einer festen Beziehung geändert hat. Was er sich denkt, wie das hier zwischen ihnen weitergehen wird. Doch sie seufzt auf und öffnet sich ihm. Sie möchte das, was sie hier haben, nicht zerstören, nicht das Risiko eingehen, die letzten Stunden nicht genießen zu können.

Wer weiß, wann sie sich wiedersehen, sie möchte das hier noch bis zur letzten Sekunde auskosten, deswegen gibt sie sich Alejandro ein letztes Mal komplett hin.

Sie lieben sich am Meer. April ist süchtig nach dem Gefühl, ihm so nah zu sein und als er sie vereinen will, sieht sie ihm in die Augen.

»Versprich mir, dass das hier nicht enden wird, wenn wir zurück sind, Alejandro. Ich will nicht, dass das kaputtgeht.«

Seine Hand gleitet an ihre Wange und er sieht sie ernst an.

»Ich liebe dich, April, und ich schwöre dir, dass das zwischen uns nicht enden wird, wenn wir zurück sind.«

Ponce sieht aus dem Auto.

Es tut gut, zurück zu sein. Sie alle sind immer mal wieder für einige Tage oder auch mal für ein oder zwei Wochen weg, doch dass er so lange in Guatemala bleiben musste, war nicht geplant, aber nötig.

Es war sehr unruhig dort. Wäre er früher zurückgereist, wäre vielleicht alles wieder zusammengebrochen.

Alejandro war sehr zufrieden mit dem, was Ponce dort unten alles erreicht hat und auch er ist froh, diese Chance genutzt zu haben und endlich einmal etwas ohne seine Brüder und ohne ihre wachsamen Augen auf die Beine gestellt zu haben.

Deswegen hat er auch nicht gezögert, als Alejandro ihn gebeten hat, nach Guatemala zu fliegen.

Ihm war nicht bewusst, dass er wirklich einen Monat wegbleiben würde und es kam ihm auch nicht so lang vor. Auch wenn sie viel zu tun hatten, kam der Spaß bei den Männern nicht zu kurz, sie haben viel gefeiert und die Zeit genossen. Dass es wirklich so lange war, wird ihm erst wieder bewusst, als sein Vater persönlich Alejandro und ihn vom Flughafen abholt und ihn einen Moment sogar umarmt.

Alejandro hat nur müde gelächelt. »Er wird immer unser Kleiner bleiben, auch wenn er die Geschäfte schon alleine führen könnte.«

Es dämmert bereits, als sie in die Cuidad einfahren.

So einiges ist passiert, als er weg war. Das Center ist fertig und läuft sehr gut. Natürlich wurde Ponce auf dem Laufenden gehalten. Er ist ja nicht auf dem Mond gewesen. Als sie an Alinas Haus vorbeifahren, ist alles dunkel.

Das ist das Einzige, was ihm wirklich leidtut und womit er die ganze Zeit gehadert hat.

Er war sogar mit Alina verabredet, konnte das aber nicht einhalten, einige Stunden vorher ist er abgeflogen. Er hat es nur geschafft, ihr eine Nachricht zu schreiben, da sie nicht im Center war und er losfahren musste.

Im Grunde braucht er kein schlechtes Gewissen zu haben. Sie sind nicht zusammen, er hat keinerlei Verpflichtungen, doch trotzdem tut es ihm leid. Er hat ihr geschrieben, auch aus Guatemala und sie auch versucht anzurufen, doch sie hat immer knapper geantwortet und hat die Anrufe nicht entgegengenommen.

Es tut ihm leid, er hätte sich gerne auf das eingelassen, was Alina und er ausgemacht hatten, doch er ist der Familia verpflichtet und er hat sich dafür entschieden.

Als er gemerkt hat, dass Alina nicht mehr reagiert, hat er es gelassen, sie zu kontaktieren. Er hat jetzt Zeit, das alles mit ihr zu klären.

Das Center ist schon geschlossen, er wird alle begrüßen und dann gleich zu ihr gehen. Als ihr Vater, Alejandro und er jedoch aus den Garagen treten, sieht er das große Welcome Home-Banner und muss lachen, als Alena und Belinda ihm schon entgegenkommen und ihn freudig umarmen.

»Ihr tut so, als wäre ich ein Jahr weg gewesen.«

Ponce küsst Alena auf die Wange und sieht in ihr strahlendes Gesicht. Sie sieht gut aus, wirklich gut erholt, fast wie die alte Alena. Die ganze Zeit hatte er Belinda noch im Arm. Einen Moment schließt er die Augen, riecht an ihren Haaren und sieht dann seiner Schwester in die Augen.

Er hätte sich nicht vorstellen können, dass man jemanden so lieben kann, auch wenn man ihn noch nicht lange kennt, doch diese Verbundenheit war sofort zwischen ihnen und Ponce liebt seine Schwester mittlerweile sehr. Er hat sie vermisst.

Als er weggeflogen ist, ging es ihr noch nicht so gut, doch nun strahlt auch sie ihn an. Sie hat wieder zugenommen und sieht eigentlich aus wie die alte Belinda, doch unter einem weiten Shirt wölbt sich eine Kugel, die Ponce liebevoll in seine Hände nimmt.

»Ich habe meinem Neffen und meiner Nichte etwas mitgebracht.«
Er zieht die selbstgehäkelten Figuren mit eingestickten Namen aus
seiner Tasche und gibt sie Belinda, die sofort Tränen in den Augen
hat. »Oh, die sind so niedlich. Ich habe dich so vermisst.«

Belinda schmiegt sich an ihn und Alejandro sieht belustigt zu ihnen
und murmelt ihm leise zu, dass sie ständig weint, je weiter ihre
Schwangerschaft voranschreitet.

Mit Belinda und Alena im Arm geht er dann zu den aufgestellten
Tischen und Stühlen. Wie immer wenn sie feiern ist einfach die
Straße vor den Häusern zum Festplatz umfunktioniert worden. Es
stehen Grills und Tische mit Leckereien herum. Es gibt eine Welcome Home-Torte und Ponces Lieblingsessen.

Nun begrüßt er alle, seinen Onkel, seine Tante, Santos, Lilly,
Roman, Levi und all die anderen Männer. Es tut gut, zuhause zu sein.

Allein das dauert schon lange, dann setzen sie sich und essen, und
Ponce erzählt ein wenig von Guatemala und ihren Geschäften dort,
wie sich alles entwickelt hat.

Es sind eigentlich alle hier, alle außer Alina.

So wie er es gehört hat, verstehen sich alle gut mit ihr und sind froh,
dass sie da ist, doch sie ist nicht hier. Ob sie einfach keine Zeit hatte
oder wirklich sauer auf ihn ist, weiß er nicht, doch er wird es sicherlich herausfinden.

Es ist nicht so, als hätte er nicht ständig an Alina gedacht, er hatte
seinen Spaß, natürlich, doch alle Frauen hat er mit ihr verglichen und
hat sich richtig gefreut, wieder hierher zu kommen und ihr wieder
näherzukommen. Er wird später schauen, ob sie wieder zuhause ist.

Erst einmal kommen aber Petro und Emilia und alle halten einen
Moment ein.

Ponce hat gehört, dass sie auch so lange wie er weg war, auch ihr
Name stand auf der Torte, die Feier ist für ihn und für Emilia, doch
keiner hat damit gerechnet, dass sie sich so verändert hat.

Es gab nie einen Zweifel, dass sie eine hübsche Frau ist, sie hat
immer weite dunkle Kleidung und ein Tuch um die Haare getragen,
doch man hat ihre helle Haut, die wirklich sogar heller als die von Lil-

ly ist, immer gesehen und auch ihre großen, schönen braunen Augen. Doch vielleicht mehr als sie es getan hätte, wenn sie ihre Äußerlichkeiten nicht so versteckt hätte, hat Emilia sie alle mit ihrem reinen Herzen und ihrer liebevollen Art für sich gewonnen.

Es gibt keinen, der sie hier nicht mag, sie ist der geduldigste Mensch, dem Petro je begegnet ist und er hätte sich tatsächlich vorstellen können, dass sie vielleicht wirklich ein Leben im Kloster all dem hier vorzieht. Vielleicht tut sie das sogar und ist nur kurz hier, man wird es abwarten müssen, doch nun sehen alle überrascht zu ihr, denn sie hat sich verändert.

Sie trägt eine schwarze Leggings und ein weinrotes längeres und breiteres Shirt dazu, man erkennt ihre Rundungen noch immer nicht, doch sie ist nicht mehr so versteckt wie zuvor. Vor allem aber hat sie das Tuch abgelegt.

Hin und wieder haben sie geraten, was für Haare Emilia wohl haben wird, sie alle haben immer auf braune und schwarze lange Haare getippt, doch sie wusste ja auch, dass ihr Vater Puertoricaner und ihre Mutter eine sehr helle Finnin war. Trotzdem hat niemand damit gerechnet, was sie nun zu sehen bekommen.

Sie hat hellblonde Haare, nicht dieses gefärbte Blond und auch nicht das Blond von Lilly, ihre Haare sind noch viel heller, so wie man sich die Frauen aus dem skandinavischen Raum immer vorstellt. Sie scheinen auch sehr dick zu sein, doch sie trägt einen streng nach hinten gebundenen Knoten. Man erkennt eigentlich nur die Farbe, nicht ihre Haarlänge, doch trotzdem hält jeder einen Moment ein.

Nicht weil es nicht gut aussieht, sie war vorher schon schön, nun sieht man, dass sie wirklich wunderschön ist und auch etwas ganz Besonderes: die Haare, die helle Haut, die dunklen Augen, die zarten Gesichtszüge. Ponce wusste, dass sie schön ist, doch er hat nicht geahnt wie schön.

Jeder stockt einen Moment.

Roman, der in diesen Augenblick neben ihm sitzt, flucht leise auf und bringt Ponce so dazu, sich wieder zu fassen. In dem Augenblick begrüßen auch schon Alena, Lilly und Belinda sie und auch seine Tante.

»Alles klar?« Roman neben ihm hat sich so sehr versteift, dass er ihn besorgt ansieht, doch der steht schon auf. »Alles bestens, bin froh, dass du wieder da bist.« Sein Cousin klopft ihm auf die Schulter und steht schnell auf.

Ponce sieht ihm kopfschüttelnd hinterher, auch er begrüßt Petro und Emilia, die sich zu ihnen setzt und die ganze Zeit mit Belinda und Alena spricht.

Alle haben gute Laune und als dann Santos sich erhebt und sein Glas hebt, während er Lilly umarmt, die ebenfalls aufgestanden ist, verkündet er, dass sie sich verlobt haben und im Frühjahr noch heiraten wollen.

Noch ein Grund zu feiern. Wieder liegen sich alle in den Armen und besonders die Frauen kommen heute aus dem Jauchzen und Freuen nicht mehr heraus. Belinda beginnt wieder zu weinen und alle freuen sich.

Ponce umarmt Santos lange. Auch wenn ihnen allen klar war, dass es früher oder später so kommen wird, weil Lilly und Santos einfach zusammengehören, freuen sie sich von ganzem Herzen, dass Lilly und Santos es wirklich geschafft haben und heiraten werden.

Es wird später und später, nach und nach ziehen sich alle zurück. Als Hermando, der schräg gegenüber von Alina wohnt, zu sich will, begleitet Ponce ihn unter dem Vorwand, noch etwas zum Rauchen von ihm mitnehmen zu wollen, dabei möchte er eigentlich nur nachsehen, ob bei Alina Licht brennt und er das gleich klären kann.

Doch natürlich ist kein Licht an, es ist viel zu spät.

Ponce nimmt sich wirklich was zum Rauchen und will gerade wieder aus dem Haus, da sieht er, wie ein Wagen, der nicht zu ihnen gehört, vor der Absperrung hält. Hier darf niemand herein, der nicht dazugehört, doch ein Mann begleitet unter dem wachsamen Blick ihrer Wachen Alina zu ihrer Haustür.

Ponces Herz beginnt schneller zu rasen, als er aus dem Fenster von Hermando auf ihre Gestalt blickt.

Auch wenn es dunkel ist, erkennt er ihre zarte Figur in einem sexy schwarzen Kleid, ihre langen Haare, er sieht ihr süßes Lächeln und dass der Mann sie die ganze Zeit anhimmelt. Vor ihrem Haus reden sie noch und Hermando sieht nach, was Ponce da beobachtet.

»Oh, Alina. Das ist echt nicht leicht, die hat jetzt einen Freund und der bringt sie öfter nach Hause. Dein Vater wollte ihn überprüfen lassen, bis dahin darf er sie nur bis zur Haustür bringen.

Etwas in Ponces Magen krampft sich zusammen.

Sie hat einen Freund? Eigentlich sollte ihn das nicht verwundern. Alina ist wunderschön und er war lange weg, es ist normal, dass sie jemanden kennengelernt hat.

Der Typ beugt sich vor und küsst sie. In dem Moment stürmen die Erinnerungen auf Ponce ein: Ihre Lippen, ihr Geruch, wie verrückt ihn ihre Nähe gemacht hat, wie sehr er sich zurückhalten musste.

»Ist alles in Ordnung?« Ponce kocht vor Wut und das, obwohl er das nicht sollte, er kein Recht dazu hat.

»Ja, alles bestens.«

Der Mann geht und als Alina in ihr Haus eintritt, geht Ponce vom Fenster weg. Deswegen ist sie ihn nicht begrüßen gekommen, nicht weil sie sauer oder enttäuscht ist, nein, sie hat einfach nur einen Freund. Alles andere wäre ihm lieber gewesen.

Er murmelt ein »bis morgen« und geht zurück zur Party. Roman sitzt noch mit einigen Männern da, er wirkt nicht glücklicher als Ponce, auch Alejandro kommt zurück und wirkt niedergeschlagen und sie rauchen zusammen und vergessen für einige Stunden all das, was ihnen auf den Herzen liegt.

»Wow, ich hätte wirklich gedacht, sie hätte dunklere Haare.« Levi bringt Roman wieder dazu, aus seiner Starre zu erwachen.

Er wusste, dass Emilia kommen wird, Petro hat ihn gefragt, ob er mitkommen möchte sie abholen, doch er hat gesagt, dass das keine gute Idee ist.

Sie ist da, Emilia ist zurück. Sie umarmt gerade Belinda und keiner kann den Blick von ihr wenden. Sie ist wunderschön. Natürlich, für

Roman war sie das die ganze Zeit, er hat gar nicht gemerkt, wie unwichtig ihm das Kopftuch geworden ist, erst jetzt, als sie es abgelegt hat, ist ihm das erst richtig bewusst geworden.

Roman hat sich immer lange dunkle Haare unter dem Tuch vorgestellt, doch Emilia ist blond, noch viel heller als Lilly und sie ist schon auffallend hell. Emilia ist unglaublich, einzigartig. »Alles klar?« Ponce sieht ihn besorgt an.

Roman räuspert sich schnell, steht auf und klopft ihm auf die Schulter. »Alles bestens, bin froh, dass du wieder da bist.« Er geht mit schnellen Schritten zu seinem Haus und lehnt sich gegen die Tür, sobald er drinnen ist.

Was passiert hier? Roman schlägt wütend die Bilder von dem Board in seinem Eingangsbereich. Er hat immer alles unter Kontrolle, alle Situationen, alle Gefühle und besonders sich selbst, doch Emilia wirft all das um.

Er hat sich vier Wochen lang eingeredet, dass er das, was da an Gefühlen in ihm heranwächst, ignorieren und sich Emilia aus dem Kopf schlagen soll. Nicht weil er sie nicht will, sondern einfach, weil sie zu gut für ihn ist, denn das ist sie.

Was soll solch eine Frau an seiner Seite? Es wäre so, als würde der Teufel einen Engel zum Tanz auffordern.

Er ist kein guter Mensch. Alles was für ihn zählt, ist seine Familie und die Familia, dafür geht er über Leichen und das war für ihn immer in Ordnung. Er hat Frauen nur zum Spaß gehabt und er hatte verdammt viel Spaß in seinem Leben, doch das passt nicht zu einer Frau wie Emilia.

Roman flucht und geht in seine Küche, um sich ein Bier zu holen. Er mutiert zum absoluten Weichei, bemitleidet sich hier gerade selbst, er muss endlich wieder klar denken. Er setzt sich in seinen Garten, hört die Musik von der Straße und schließt die Augen. Was zur Hölle ist bloß los mit ihm?

Eine ganze Weile bleibt er einfach so sitzen, er schläft fast ein, da knallt die Haustür zu. »Wo steckst du? Was ist los mit dir? Komm endlich!« Alejandros Stimme donnert durch den Flur. Roman wäre fast eingeschlafen.

»Ich habe einen Anruf bekommen und bin fast eingeschlafen.«

Er hatte einen Anfall von Selbstmitleid und versteckt sich wie das größte Weichei vor seinen Gefühlen, doch er wird Emilia eh nicht lange aus dem Weg gehen können. Sie wird sicher nur kurz hier sein und zurück ins Kloster gehen und sich von ihm verabschieden wollen.

»Ich komme.«

Alejandro sieht ihn so an, als würde er ihm das Ganze nicht abnehmen, doch er sagt nichts. Als sie zusammen Romans Haus verlassen, laufen sie fast in Emilia und seine Mutter hinein.

»Roman, ich habe dich schon gesucht. Wo warst du?«

Emilia lächelt und bringt ihn so auch automatisch zum Lächeln. Sie sieht aus wie ein Engel, wenn sie das tut und die blonden Haare unterstreichen das alles nur noch mehr.

»Ich musste etwas erledigen. Wie geht es dir?«

Er will nicht zeigen, wie sehr ihn all das in den Wahnsinn treibt und umarmt sie.

Es sollte nur eine kleine Begrüßung werden, doch als er sie in seinen Armen hat, schließt er einen winzigen Moment die Augen, inhaliert ihren Duft und spürt ihre zarte Figur an sich. Auch sie weicht nicht zurück und so fällt diese Umarmung länger aus als sie sollte.

»Es ist alles gut, ich bin nur müde, wirklich müde und wollte mich hinlegen. Wir sehen uns morgen und dann … ähm, also wir sehen uns morgen.«

Seine Mutter gibt ihm einen Kuss auf die Wange. »Ich lege mich auch hin. Habt noch Spaß.« Roman nickt nur und sieht zu, wie die beiden weiterlaufen.

»Ist alles in Ordnung, Roman?« Er hat Alejandro total vergessen.

Nein, nichts ist in Ordnung.

»Alles bestens.«

Kapitel 7

Belinda sieht zu, wie das Flugzeug landet.

Sie steht bei den Range Rovern, die hier für Vidal und seine Männer bereitstehen. Er war für einige Tage unterwegs und sie hat spontan beschlossen, ihn hier abzuholen.

Das war gar nicht so einfach, die Leute am Flughafen wollten sie nicht durchlassen, Belinda musste erst Elian anrufen, der das Okay gegeben hat. Sie lehnt gegen eines der Autos und sieht zu, wie die Männer der Puentes das Flugzeug verlassen. Aaron kommt neben Vidal heraus und Belindas Herz macht einen freudigen Hüpfer.

Wenn sie ihn jetzt das erste Mal sehen würde, hätte sie sich sofort gefragt, wer dieser hübsche Mann ist. Sie liebt Vidal von ganzem Herzen und noch immer beeindruckt sie sein Auftreten. Er trägt eine schwarze Shorts, ein rotes Shirt, ein Cap und Sneakers im selben Rotton.

Er wendet sich kurz nach hinten und Belinda sieht auf die Buchstaben TP auf seinem Hals. Sie wäre auch heute noch bereits beim ersten Blick dabei, sich in ihn zu verlieben.

Er hat sein Handy am Ohr, doch lächelt zu ihr, er muss sie schon im Flugzeug gesehen haben. Die Männer, die als Erste zu den Autos kommen, begrüßen sie respektvoll und verteilen sich dann. Als Vidal endlich bei ihr ist, gibt er ihr einen liebevollen Kuss.

»Ich habe noch nie solch eine schöne Aussicht auf Puerto Rico beim Landen gehabt. Was machst du hier, mein Herz?«

Belinda streicht über seine dunklen Ränder unter den Augen, die ihr zeigen, dass er viel zu tun hatte. »Ich habe dich vermisst. Gehen wir etwas essen oder musst du zur Cuidad?« Vidal deutet den Männern, dass sie schon losgehen können.

»Für euch drei werde ich immer Zeit haben.« Er hilft ihr, in den Range Rover zu steigen. Als er losfährt, bemerkt Belinda unter dem Shirt ein großes Pflaster.

»Was ist passiert? Ich dachte, das wäre eine harmlose Reise.«

Vidal hebt den Ärmel hoch und öffnet das Pflaster.

»Ich habe meinen Tätowierer getroffen.«

Belinda stockt. Auf seinem massigen Bizeps steht kunstvoll Paz & Vida geschrieben.

»Du bist verrückt, sie sind doch noch nicht einmal auf der Welt.« Sie muss leise lachen und streicht das Pflaster wieder sehr vorsichtig über die gereizte Haut.

»Das ändert doch nichts daran, dass ich sie jetzt schon über alles liebe.« Belinda beugt sich zu ihm und gibt einen Kuss über das Pflaster.

»Ich weiß, dass wir beide es leichter haben könnten, doch ich bin so dankbar und froh, dass du in meinem Leben bist.« Vidal lächelt und beugt sich zu ihr, um ihr einen Kuss auf den Mund zu geben.

»Auf was hast du Hunger?«

Sie fahren zu Belindas Lieblingsitaliener, wie sehr oft in letzter Zeit. Statt draußen in der Mittagshitze zu sitzen, suchen sie sich einen ruhigen Platz in einer hinteren Ecke und bestellen. Als der Kellner weg ist, nimmt Vidal ihre Hand in seine.

»Ich wollte eh noch mit dir sprechen. Mein Vater ist zurück, für morgen Abend ist die erste Besprechung angesetzt und ich hoffe, dass wir da schon alles aus der Welt räumen können. Es ist vielleicht auch an der Zeit, mit deinem Vater zu sprechen, damit wir vorankommen. Wenn du möchtest, können wir das auch zusammen machen. Ich werde ihn auch um ein Treffen der Familias bitten.«

Belinda wusste, dass es bald so weit sein würde, doch sie hatte gehofft, dass es noch etwas dauert.

»Nein, ich werde erst einmal mit ihm alleine reden. Ich hoffe wirklich, dass das mit deinem Vater … gut klappt und er sich uns nicht weiter in den Weg stellt.«

Vidal sieht ihr in die Augen. Belinda erkennt, dass auch er nicht sehr viel Hoffnung hat, doch das würde er vor ihr niemals zeigen. »Es wird alles gut, mein Herz, dafür werde ich schon sorgen. Du vertraust mir doch, oder?«

Sie nickt und verschränkt ihre Finger miteinander.

»Ich vertraue dir und vor allem vertraue ich auf uns.«

Zwei Stunden später betritt Belinda das Haus ihres Vaters.

Es fiel ihr wieder schwer, sich von Vidal zu trennen. Als er sie zu sich geholt und sie mit seinem umgebauten Haus überrascht hat, war Belinda zwei Tage bei ihm und sie muss zugeben, dass sie sich ausgesprochen wohlgefühlt hat.

Sie möchte das wirklich, sie will bei Vidal leben, doch natürlich nicht so, wie es momentan ist, nicht mit seinem Vater, der gegen sie ist.

Da er aber nicht da war, hat sie sich sogar so wohlgefühlt, dass sie ganz normal in der Cuidad umhergegangen ist. Sie war bei Camilla und ist mit ihr auch ein wenig in der Cuidad spazieren gegangen und niemand hat sie komisch behandelt oder ihr das Gefühl gegeben, nicht willkommen zu sein. Sie hat sich auch mit Suela und Sofia besser angefreundet und auch Vidals Cousine war mit ihnen zusammen essen.

All das könnte klappen, es sind nur noch ihre Väter, die, die diesen Krieg am allermeisten geführt haben, die sich alldem in den Weg stellen.

Ihr Vater sitzt auf der Couch. Gestern ist Ponce zurückgekommen, sie haben lange gefeiert und er hat heute Morgen, als Belinda das Haus verlassen hat, noch geschlafen. Jetzt liegt er mit Jogginghose und weißem Shirt auf der Couch und hat noch immer die Augen geschlossen. Ein Teller und eine Tasse liegen neben ihm und sein Handy liegt auf seiner Brust, als wäre er eingeschlafen, während er darauf etwas getan hat.

Es ist selten, dass sie ihren Vater so gemütlich zu Hause erlebt, er hat immer viel zu tun.

Belinda liebt ihren Vater mittlerweile sehr.

Sie hat sich immer einen Vater gewünscht, er hat in ihrem Leben gefehlt. Auch wenn das Leben ihres Vaters kompliziert und gefährlich ist und sie ihre Mutter verstehen kann, würde sie jetzt, wenn man ihr tausend Väter zur Auswahl gäbe, immer ihn wählen.

Sie lächelt und geht leise zu ihm. Als sie ihm das Handy von der Brust nehmen will, damit er nicht gestört wird, öffnet er die Augen. »Da bist du ja, wo warst du?« Belinda setzt sich neben ihn, er bleibt liegen und seine dunklen Augen liegen müde auf ihr.

»Ich war mit Vidal essen. Papa, du schläfst zu wenig. Du hast drei Söhne, die mit dir zusammenarbeiten und trotzdem arbeitest du noch so viel.« Er lacht leise auf.

»Eine Familia zu leiten ist nicht leicht, doch ich merke auch, dass ich den Jungs noch mehr zumuten kann als bisher. Ich möchte mehr Zeit mit dir verbringen und auch mit Vida und Paz, wenn sie auf der Welt sind.«

Belinda gibt ihm einen Kuss auf die Wange. »Das wirst du, du wirst der beste Opa der Welt.« Ihr Vater sieht ihr in die Augen.

»Was liegt dir noch auf dem Herzen, mein Engel?« Belinda weiß mittlerweile, dass ihr Vater das mit Vidal akzeptiert. Er heißt es nicht gut und er würde sich sicherlich auch etwas anderes wünschen, doch er weiß, dass Belinda Vidal liebt und er hat auch verstanden, dass er sie liebt und sie auf Händen trägt.

Dass Vidal damals ohne zu zögern sein Leben für ihres geben wollte und dass sie gegen Benjamin zusammengearbeitet haben, hat einiges geändert, zumindest auf der Seite von Belindas Familie.

Auch die Tage, die sie zusammen an ihrem Krankenbett verbracht haben, führten dazu, dass ihr Vater nicht mehr guckt, als würde er gleich ausrasten, wenn sie Vidal erwähnt. Auch wenn Belinda weiß, dass ihr Vater ihn sicherlich niemals voll und ganz akzeptieren wird, ist ihre Familie weniger das Problem als die Familie von Vidal.

»Ich denke die ganze Zeit darüber nach, wie das werden wird, wenn die beiden da sind.

Mein Traum wäre es, wenn ich die Wohnung hier oben behalte und sie auch für die Babys einrichte, da ich immer wieder hier sein werde und hier sicher auch schlafen werde, doch ich möchte natürlich bei Vidal leben. Die beiden sollen mit ihrem Vater groß werden, der sie jetzt schon vergöttert, obwohl sie nicht einmal geboren sind.«

Belinda treten wieder Tränen in die Augen, weil sie das alles so sehr belastet.

»Ich möchte einfach, dass die beiden geliebt werden. Dass ich bei Vidal lebe und jeden Tag herkomme. Meine Brüder genau wie seine Männer die besten Onkel für die Kleinen werden, mein Vater sie genauso liebt wie Vidals Vater. Einfach ganz normale Sachen, dass wenn ich mit Alena etwas unternehmen möchte, Vidal herkommt und die Kleinen abholt und ihr euch ganz normal dabei in die Augen sehen könnt.

Er redet ständig von einer Hochzeit, dabei können unsere Familien noch nicht einmal in einem Raum zusammen sein. Wir haben uns diese Liebe nicht ausgesucht, um euch alle zu ärgern, wir möchten einfach nur eine ganz normale Familie sein und hoffen, ihr helft uns dabei.«

Ihr Vater setzt sich auf.

»Wir tun doch alles dafür, Engel. Vidal lebt doch noch, würden wir keine Rücksicht auf dich nehmen, wäre das nicht so.« Belinda muss lachen und sieht ihren Vater mahnend an, der sie frech angrinst.

»Es ist nicht leicht, doch wir akzeptieren Vidal an deiner Seite. Es müssen neue Vereinbarungen getroffen werden und wenn Vidal bereit ist, diese auszuhandeln, werden wir es auch sein, doch was ich ihm und auch dir gesagt habe, meine ich ernst.

All das nur, wenn sein Vater auch endlich einen Schritt auf dich zugeht. Du und die Babys können da nicht leben, wenn er das nicht tut, wir können nichts ändern, wenn er nicht bereit dazu ist. Der Ball liegt bei den Puentes, Belinda, nicht bei uns.«

Sie nickt und sieht ihrem Vater in die Augen. Das weiß sie, deswegen hat sie ja auch solche Angst und die Bedenken. Sie kann sich nicht vorstellen, dass das Gespräch morgen positiv verlaufen wird.

Alena sieht sich unsicher um.

Sie hat ihr Auto vor dem Therapiezentrum geparkt und wartet jetzt auf Elian, der sie hier abholen wird. Es ist sehr riskant, das wissen sie beide. Sich im Therapiezentrum für eine Stunde zu treffen oder den Tag gemeinsam irgendwo zu verbringen, ist noch einmal ein gewaltiger Unterschied, doch sie möchte auch Zeit mit Elian verbringen.

Er wollte ihr nicht verraten, wohin er sie bringt, nur dass sie dort niemand sehen wird und sie ihre Ruhe haben.

Alena erkennt den silbernen Mercedes von Elian schon von Weitem, sie kennt mittlerweile einige seiner Autos, wenn er wegfährt, sieht sie ihm oft noch aus dem Fenster nach. Er fährt häufig den Mercedes, es scheint sein Lieblingsauto zu sein.

Als er hält und ihr die Beifahrertür öffnet, sieht sich Alena nur schnell um und steigt stattdessen hinten ein, wo sie durch die getönten Scheiben vor neugierigen Blicken geschützt ist. Auch Anibal springt hinten bei ihr hinein. »Das ist sicherer.« Sie lächelt entschuldigend, beugt sich aber zu Elian und gibt ihm einen Kuss auf den Mund.

»Stimmt, daran habe ich gar nicht gedacht. Dann los, ich habe noch ein paar Sachen zum Essen besorgt.« Alena lehnt sich zurück, als Elian Gas gibt.

»Wohin fahren wir? Jetzt kannst du es sagen.« Elian lächelt und sieht ihr durch den Rückspiegel in die Augen. Sie liebt seine dunklen Augen.

»Das wirst du gleich sehen. Es ist ein Ort, an dem ich leider selten bin, aber meine Eltern sind früher oft mit uns für ein Wochenende dorthin gefahren, damit wir ein wenig aus dem Leben in einer Familia herauskommen und ein normales Wochenende verbringen können. Es hat mich immer an die Filme aus Amerika erinnert.«

Nun wird Alena wirklich neugierig. »Aus Amerika? Ich bin gespannt.«

Elian fährt mit ihr auf das Gebiet der Puentes und Alenas Herz schlägt automatisch schneller. Sie weiß, dass das hier einen neuen Krieg entfachen kann, würde, wenn Roman das wüsste.

Allerdings fährt er nicht in die Richtung, wo sich ihre Cuidad befindet, sondern weiter nach unten. Nach zehn Minuten auf der Schnellstraße fährt er auf einen Landweg ein, und nachdem er weitere zehn

Minuten auf einer fast leeren Straße, umgeben von vielen Wiesen, kleinen Bergen und Bauernhöfen, gefahren ist, klettert Alena zu ihm nach vorne auf den Beifahrersitz, während Anibal es sich auf dem Rücksitz bequem macht.

Hier ist kaum ein Mensch und von Minute zu Minute entspannt sich Alena mehr. Sie ist gespannt, wohin er sie bringen wird. Auch wenn Alena Elian vollkommen vertraut und er einer der wenigen Menschen ist, mit denen sich sich völlig sicher fühlt, hätte sie nicht gedacht, dass es ihr so leicht fällt, mit ihm mitzugehen und wirklich keinerlei Angst zu verspüren.

Es dauert nicht lange und er fährt in einen kleinen Waldweg ein bis zu einer Lichtung an einem See.

Sie bleiben sitzen und lassen das Bild auf sich wirken.

Ihr Auto hält neben einem kleineren Holzhaus mit einer großen Veranda. Der See ist vollständig von Wald umgeben, nur auf dieser Lichtung am See nicht. Ein Steg erstreckt sich vom Ufer am Haus bis auf den See und auch ein kleines Boot ist daran festgemacht. Es sieht wirklich aus wie aus einem amerikanischen Film, mitten hier in Puerto Rico.

»Gehört das euch?« Elian nickt und steigt aus. Sie tut es ihm gleich und lässt auch Anibal heraus, der freudig aus dem Auto springt und zum Wasser rennt. Alena sieht sich noch einmal um. Der Wald wirkt düster, doch Elian ist bei ihr und Anibal würde sofort anschlagen, sobald nur jemand in die Nähe kommt. Sie ist wirklich froh, ihn zu haben, es hilft ihr sehr, wieder normal zu leben.

Elian holt eine Kühltasche aus dem Auto und nimmt Alenas Hand in seine. Er schließt die Hütte auf und Alena sieht sich alles an. Es wirkt zwar auch ein wenig luxuriös hier und da, aber doch für die Verhältnisse, in denen sie alle leben, eher schlichter.

Es gibt einen Kamin, mehrere Zimmer, die Böden sind aus Holz wie auch die meisten Möbel. Die Küche ist aber sehr modern und passt gar nicht so recht zum anderen Mobiliar. Elian legt einige Sachen in den Kühlschrank und Alena geht vor das Haus und stellt die gemütlichen Verandamöbel in die Richtung zum See.

Sie trägt heute ein korallfarbenes Sommerkleid und Sandalen, die sie sich jetzt von den Füßen streift. Anibal kommt immer wieder zu ihr und prüft, ob alles in Ordnung ist, er rennt dann aber auch gleich erneut zum See.

Alena lehnt sich zurück, legt ihre Füße auf einen anderen Stuhl und atmet tief ein. Es ist herrlich hier draußen, ganz friedlich, man hört lediglich einige Vögel und Anibal, sonst nichts.

Elian kommt aus dem Haus, er hat geschnittene Melone und Clementinen dabei, die er Alena reicht, dazu Getränke. Da sie auf einer gemütlichen Bank sitzt, setzt er sich neben sie, davor wirft er aber einen grünen Tennisball zum See, dem Anibal wie verrückt hinterherrennt.

»Es ist perfekt, du hast den Ort wirklich gut ausgewählt.«

Elian legt den Arm um Alena und sie kuschelt sich an ihn. »Ich wollte einfach nur Ruhe und ein wenig Zeit mit dir verbringen, ohne Therapiezentrum, ohne irgendetwas, was uns umgibt, einen ganz normalen Tag.«

Alena lächelt matt, als Anibal wieder zurückkommt und Elian den Ball in die Hand legt. Er wirft ihn wieder und ihr Hund flitzt davon. Auch für ihn hat er eine Schüssel Wasser bereitgestellt.

»Ich bezweifle, dass irgendetwas, was mit uns beiden zu tun hat, jemals normal sein könnte.«

Er lacht auf und sieht zu ihr hinunter. »Normal ist ja auch nicht immer gut ...« Sie sieht zu ihm hoch und er beugt sich zu ihr und beginnt einen zärtlichen Kuss. »Oder fühlt sich das für dich normal an?« Alena schüttelt den Kopf und vereint ihre Lippen noch einmal.

In der Zeit, die sie im Therapiezentrum verbracht haben, sind sie sich näher gekommen. Die Küsse wurden intensiver und hin und wieder hat Elian ihre Haut gestreichelt oder ihren Hals entlang geküsst. Doch sie waren ja niemals wirklich unbeobachtet. Für Alena war das wahrscheinlich richtig so. Auch wenn sie Elian vertraut und seine Nähe liebt, ist es für sie schwer, diese Art von Nähe zuzulassen, doch sie hat sich mit jedem Tag mehr daran gewöhnt und sie immer mehr genossen.

Als sie den Kuss jetzt intensiver werden lässt, setzt sie sich auf seinen Schoß. Elian trägt eine Stoffshorts und ein Shirt und Alena spürt ihn sehr deutlich, doch sie konzentriert sich auf alles andere: seinen Geschmack, ihren schnellen Herzschlag. Wie schön sich all das anfühlt.

Sie beenden den Kuss und Elian küsst ihren Hals entlang. Alena schließt die Augen, seine Lippen wandern weiter, an ihr Schlüsselbein, als er die Träger ihres Kleides zärtlich herunterschiebt, krümmt sich ihr Magen zusammen. Sie fühlt sich einen Moment wieder so nackt und ausgeliefert wie damals … Sie öffnet die Augen und zwingt sich, im Hier und Jetzt zu bleiben.

Alena weiß, dass sie mittlerweile stärker als das ist.

Elian sieht sie fragend an, als ihr Kleid ihr von den Schultern rutscht und ihr BH freigelegt wird. Statt ihm zu antworten küsst sie ihn und zeigt ihm, dass es in Ordnung ist, dass sie das auch möchte, dass sie sich wieder wie eine normale Frau fühlen will.

Sie spürt, wie seine Hände ihren BH öffnen. Als sie den Kuss beendet und seinen warmen Blick auf sich spürt, fühlt es sich anders an, als sie es sich vorgestellt hat.

Alena ist nie wirklich schmal gewesen, sie hatte immer gute Kurven, doch sie ist sehr abgemagert aus ihrer Gefangenschaft gekommen, aber so langsam kommen ihre Kurven wieder. Sie hat sie nicht besonders stark betont, noch nie, doch Alena hat eine ziemlich große Oberweite und war auch immer sehr stolz darauf.

Unter Elians zärtlichem Blick und als er sie liebevoll liebkost, spürt sie diesen Stolz erneut, sie hätte nicht daran geglaubt, dass sie das so noch einmal empfinden kann, doch sie ist dankbar dafür.

Sie schließt die Augen, bis sie plötzlich ein lautes Platschen hören und Alena panisch aufspringt. »Anibal!«

Ihr Hund ist in den See gefallen, er muss so lange mit dem Ball gespielt haben, bis er hineingefallen ist. Sie schiebt sich die Träger des Kleides wieder hoch, lässt den BH aber aus und eilt zu ihm. »Er ist ein Hund, er kann schwimmen.«

Das scheint er wirklich zu können, doch trotzdem hilft Elian ihm wieder hoch und sie bleiben auf dem Steg sitzen. Elian legt sich zurück und Alena kuschelt sich an ihn, es ist nicht das letzte Mal, dass Anibal ins Wasser hüpft. Sie alle fühlen sich wohl und genießen die Zeit.

Sie fahren eine Weile mit dem Boot auf den See, was eine wackelige Angelegenheit mit Anibal ist. Elian grillt auf der Terrasse und kurz bevor sie wieder zurückmüssen, tauschen Alena und Elian noch einmal Zärtlichkeiten aus, auch wenn sie nicht viel weiter als zuvor gehen, kommen sie sich doch immer näher und Alena sieht ihm besorgt in die Augen.

Es ist Zeit zu gehen und die nächste Zeit werden sie sich nicht mehr so einfach sehen können, wie es in den letzten Wochen der Fall war.

»Was passiert jetzt mit uns?«

Sie sprechen nie darüber. Sie beide wissen, dass das hier nicht sein dürfte. Sie haben nicht einmal die Ausrede, dass sie nicht wussten, wer der andere ist oder einer von ihnen nicht mit diesem Hass aufgewachsen ist, sie dürften das nicht zulassen, doch sie tun es.

Elian will den Blick senken, was selten vorkommt und was ihr zeigt, dass auch er nicht wirklich eine Lösung für sie weiß, wie sollte er auch, es gibt keine.

»Keine Ahnung, Alena, ich könnte dich … nach der Uni sehen, vielleicht wenn du eine Freistunde hast …« Alena schüttelt den Kopf.

»Das ist nicht das Therapiezentrum, dort kann uns immer jemand sehen und Lilly ist auf der Schule, was bedeutet, dass Santos dort auch ständig ist.«

Elian nickt. »Was dann, was denkst du?«

Natürlich hat auch sie während der letzten Tage viel darüber nachgedacht. »Ich möchte auf all das nicht mehr verzichten, es bedeutet mir mehr, als du dir wahrscheinlich vorstellen kannst …« Elian hebt seine Hand an ihre Wange.

»Mir bedeutet das auch alles, Alena, sonst wäre ich doch gar nicht hier und würde solch ein Risiko eingehen.«

Sie versucht, sich zusammenzunehmen und nicht in Tränen auszubrechen.

»Doch, wir beide müssen weiter denken. Wir haben Verantwortung und vor allem dürfen wir es Vidal und Belinda gerade nicht noch schwerer machen. Nach und nach versuchen alle, aufeinander zuzugehen, es wird besser, schleppend, doch sie sind zumindest auf einem Weg aufeinander zu.«

Wenn jetzt das mit Elian und Alena herauskommt, ist all das vorbei, all die kleinen Schritt aufeinander zu. »Wir müssen an die beiden Babys denken und wenn es wirklich zu diesem Treffen und neuen Vereinbarungen kommt, dann wird das auch für uns beide leichter, falls wir das hier wirklich zu etwas Ernstem … kommen lassen wollen. Ich meine, das frage ich mich auch die ganze Zeit.«

Elian sieht ihr die ganze Zeit über in die Augen.

»Was fragst du dich?«

Nun muss sie auch wirklich mal loswerden, was sich ständig in ihren Gedanken abspielt.

»Na ja, ob wir das überhaupt alles riskieren sollen, wenn das doch auf nichts hinausläuft, Elian. Ich weiß weder, ob ich jemals wieder einen Mann ganz an mich heranlassen kann, noch, ob ich jemals für eine richtige Beziehung oder gar eine Ehe bereit bin. Ich weiß nicht einmal, ob ich Kinder bekommen kann, vielleicht sollten wir das einfach alles versuchen zu vergessen und du suchst dir jemand Neues und ich ...«

Nun verdüstern sich seine schönen dunklen Augen komplett.

»Glaub mir, Alena, ich weiß alles was dich betrifft, ich war fast die ganze Zeit bei deiner Heilung an deiner Seite. Das ist mir völlig egal. Du wirst mit der Zeit lernen, mich noch mehr an dich heranzulassen und alles andere wird sich finden. Ich will niemand anderen und ich hoffe doch, dass es dir genauso geht. Ich wünschte, ich könnte dir jetzt hier einen Plan aufstellen, sagen, wir sehen uns dann und dann, es ist besser, wenn wir dies und das, doch das geht nicht und es bringt auch nichts, sich jetzt darüber den Kopf zu zerbrechen.

Wenn ich eine Sache gelernt habe, dann dass es in unserer jetzigen Situation, in der die Familias stecken, nichts bringt zu planen. Heute Abend ist ein Treffen bei uns, da kann schon wieder alles umgeworfen werden und alle Pläne, die wir jetzt schmieden, sind völlig umsonst.«

Alena nickt, er hat recht.

»Das Wichtigste ist, dass wir beide Kontakt halten und auf das, was zwischen uns ist, vertrauen, okay?«

Sie muss lächeln. »Okay.«

Noch einmal senken sich seine Lippen liebevoll auf ihre.

Er hat recht. Momentan kann niemand etwas Genaues planen, sie alle sitzen auf einem Pulverfass, das jederzeit explodieren könnte.

Kapitel 8

»Verdammt, ich bin ja schon mies drauf, doch du setzt da natürlich noch einmal einen drauf.«

Ponce flucht auf und hält sich die Seiten, auch Roman ist außer Atem, doch er ist noch nicht kaputt genug und spürt noch zu viel. »Hab dich nicht so, komm, lass uns noch eine Runde laufen gehen.«

Ponce blickt hinter Roman und schüttelt den Kopf.

»Du musst deine Probleme anders lösen.« Er klopft ihm auf die Schulter und geht an ihm vorbei zu seinem Haus. »Morgen, Emilia.« Roman schließt die Augen, als er hört, wer sich ihm von hinten nähert. Er hätte gar nicht erst zurück in die Cuidad joggen, sondern direkt noch eine Runde laufen sollen.

Er atmet tief ein, bevor er sich umwendet und direkt in Emilias große dunkle Mandelaugen blickt. Sofort bildet sich wieder dieses beklemmende Gefühl in der Brust, das ihn kaum hat schlafen lassen, dieses Gefühl, dass egal was er wegen Emilia tut, alles falsch ist.

Er würde sich am liebsten umdrehen und davonlaufen, sie hingegen lächelt ihn aus ganzem Herzen an und das lässt ihn einhalten. Wie kann ein Mensch nur so rein sein?

»Guten Morgen. Ich habe euch heute morgen loslaufen gesehen, ihr wart sehr lange unterwegs.«

Roman weicht ihrem Blick aus.

»Wir müssen fit sein, so früh schon auf den Beinen?« Er zieht sich sein nasses Shirt aus und spürt, wie Emilia ihren Blick schnell abwendet. Roman muss sich ein Grinsen verkneifen, er liebt ihre schüchterne Art.

Er kann sich noch genau daran erinnern, wie sie sie von der Insel geholt haben, wie sie damals um ihr Leben gekämpft und Roman kaum Notiz von ihr genommen hat. Er war zu sehr mit Alena und Petro abgelenkt und all dem anderen Wahnsinn. Allein der Gedanke, dass sie damals hätte sterben können und er das nicht einmal so richtig wahrgenommen hätte, lässt sein Herz schneller schlagen. Wie konnte er damals so blind sein und diesen Engel nicht sofort als die sehen, die ihn jetzt anstrahlt?

Langsam hat sich das Gefühl gebildet, was sich nun in seinem Herzen regt. Über die ersten Gespräche in der Klinik, ihre roten Wangen, wenn er über Sex gesprochen hat, die Begeisterung, wie sie Bücher verschlingt. Da hat es begonnen.

Er hat diese wunderschönen Augen bemerkt, diese helle Haut, den schönen Leberfleck neben ihrer Augenbraue. Die Zeit, die sie zusammen verbracht haben und die Gespräche, die sie miteinander geführt haben, hat er genossen, wie mit keiner anderen Frau vor ihr.

Roman weiß, dass er hart und gemein sein kann, doch ihr scheint das keine Angst zu machen, sie sieht ihn an, wie noch keine Frau ihn angesehen hat und das hat in ihm diese dumme Hoffnung aufkeimen lassen, die dazu geführt hat, dass er sie nicht hat gehen lassen wollen.

Sie ist gegangen, obwohl sie wusste, dass für ihn mehr zwischen ihnen ist als Freundschaft und sie hat sich Zeit gelassen zurückzukommen. Wer weiß, was sie jetzt vorhat. Sie hat ihm Zeit gegeben, sich bewusst zu machen, dass das, woran er glauben wollte, absoluter Schwachsinn ist. Roman hatte schon viele dumme Ideen, doch noch nie solch eine schlechte.

»Ja, ich … habe mich daran gewöhnt, bei Sonnenaufgang aufzuwachen. Die Nonnen stehen so früh auf und beginnen den Tag.« Roman sieht sie nun doch genau an. Sie hat ihre hellblonden Haare zu einem dicken Dutt nach oben gebunden, wie gestern. Auch wenn sie jetzt kein Tuch mehr trägt, das die Haare verdeckt, ist man trotzdem noch neugierig, wie lang sie sind.

Roman hätte niemals damit gerechnet, dass sie so helle Haare hat. Ihre helle Haut hat ihn schon immer fasziniert, diese blonden Haare und die großen braunen Augen lassen sie wie einen Engel wirken, ihr Wesen ist schon die ganze Zeit so, nun passt auch das Äußerliche dazu.

Sie trägt noch immer keine Schminke, sie hat hellroten Nagellack auf den Nägeln, ansonsten ist sie ganz natürlich. Sie trägt einen braunen langen Rock, der ihr bis zu den Knöcheln geht, dazu ein weißes Shirt.

Es liegt nicht eng an, man sieht nur ihre Arme und erahnt alles andere und doch wirkt es an ihr ungewohnt freizügig.

»Und außer an deinen Schlafgewohnheiten hat sich offenbar noch mehr geändert.«

Roman wollte es nicht so hart klingen lassen, wie Emilia es offenbar auffasst, denn sie senkt ihren Blick.

»Es ... ich hatte diese Wochen, die ich dort in diesem Kinderdorf verbracht habe, viel Zeit zum Nachdenken. Ich bin damals von der Insel gekommen und hatte … vor allem und jedem Angst, besonders vor den vielen neuen Eindrücken und Gefühlen.« Emilia atmet lauter aus.

»Dort habe ich ein wenig Zeit gefunden, meine Gefühle und Gedanken zu ordnen. Habe gemerkt, dass ich diesen Weg weiter gehen möchte, dass ich Menschen helfe möchte, doch gleichzeitig auch das hier alles, dieses reale Leben zu leben beginnen. Auf die Uni gehen oder zumindest in einige Grundkurse, hier im Center mithelfen. Die Nonnen haben mir erklärt, dass ich beides tun kann. Ich kann dem Orden und der Kirche helfen, dafür muss ich keine Nonne werden und solange mein Herz rein bleibt, werde ich auch weiter Gott an meiner Seite haben.«

Roman lächelt matt.

»Vielleicht sollte ich auch mal für einige Wochen dorthin, wenn man danach so viel klarer sieht.«

Natürlich würde er das niemals tun, einige Tage ohne die Familia fallen ihm schon schwer, doch Emilia sieht ihn zuversichtlich an.

»Jeder Mensch sollte sich hin und wieder eine Auszeit gönnen und versuchen, für eine Weile in sich hineinzuhorchen und zu spüren, was man wirklich will.«

Roman legt sich sein Shirt über die Schulter und zuckt mit diesen. »Manchmal sollte man das lieber nicht tun, sonst kommt man nur auf falsche Gedanken. Aber du hast recht, du brauchst das alles nicht. Du bist auch so ein Engel, dafür brauchst du keine Klostermauern.«

Emilia kneift ein wenig die Augen zusammen, sie scheint langsam zu verstehen, dass Roman nicht mehr die gleichen Absichten hat wie vor einigen Wochen, als er sie auf der Treppe der Kirche gebeten hat nicht zu gehen.

»Roman, was ist passiert? Du bist so … anders. Bist du sauer, weil ich doch länger weg war?« Er will das nicht, tief in seinem Herzen bäumt sich alles auf, am liebsten würde er über ihre Wange streichen und sie in den Arm nehmen. Nichts anderes löst diese zarte Schönheit vor ihm in ihm aus, doch das kann er nicht, nicht wenn er diese Reinheit und Gutherzigkeit nicht zerstören möchte.

»Nein, also um ehrlich zu sein, war ich das am Anfang, doch so hatte auch ich Zeit, über all das nachzudenken. Versteh mich nicht falsch, ich habe noch immer diese Gefühle für dich, doch ich sehe auch, wie besonders und gut du bist, Emilia. Ich bin wahrscheinlich einer der größten Ärsche, die hier herumlaufen, doch so verdorben bin ich dann auch noch nicht, dass ich jemanden wie dich in meine kranke Welt hineinziehen kann. Du bist viel zu gut für mich, ich bin nichts, auf was man bauen kann.«

Seine Aussagen überraschen sie, einen Moment sieht sie ihn so an, als würde sie erwarten, dass er lacht und sagt, dass er es nicht ernst meint, doch er hat wahrscheinlich noch nie etwas ernster gemeint, er ist nicht der Richtige für sie, ganz im Gegenteil.

»Das … ich meine, das meinst du doch jetzt nicht ernst? Wieso denkst du, dass du nicht … wieso?«

Santos fährt an ihnen vorbei und hupt kurz.

»Es ist nicht nur mein Ernst, Emilia, es ist eine Tatsache. Ich habe es nicht einmal geschafft in den Tagen, die Finger von anderen Frauen zu lassen. Wie soll ich jemals einer Frau wie dir nicht wehtun? Ich bin verdorben, Emilia, aber nicht so sehr, deine Seele nicht wenigstens zu retten. Das war von Anfang an keine gute Idee …«

Roman kann das nicht, er schließt einen Moment die Augen, als er sieht, wie sehr seine Worte Emilia treffen, sie hat nicht damit gerechnet. Seine Brust zieht sich noch fester zu, er würde ihr am liebsten sagen, dass das, was er da mit den Frauen hatte, nur ein Witz war, nichts, ein billiger, kläglich gescheiterter Versuch, sie für einige Stunden zu vergessen, doch er hält ein, als sie die Hand hebt.

Sie hat Tränen in den Augen und nickt nur leicht, senkt den Blick, ein vergeblicher Versuch, ihre Tränen zu verstecken.

»Ich habe verstanden!« Emilia geht weiter, ohne ihn noch einmal anzusehen.

Obwohl in der Cuidad immer mehr los ist und es laut um ihn herum ist, wird es plötzlich ganz still um Roman.

Er atmet tief ein und flucht.

Er wusste nicht, dass es so schwer ist, dass Richtige zu tun.

»Und du, Hector? Weißt du noch, was mit deinem Onkel passiert ist? Wie wir seine Finger einzeln zusammensuchen mussten?«

Vidals Vater ist ganz in seinem Element.

Er läuft seit zehn Minuten in ihrem Gemeinschaftshaus, in dem sich alle versammelt haben, umher und spricht fast jeden Mann ihrer Familia einzeln an. »HAST du das etwa vergessen?«

Elian, der neben Vidal sitzt, schüttelt den Kopf.

Sie haben sich alle einen Stuhl genommen und sitzen im Garten. Elian, Vidal und ihr Vater sitzen den Männern gegenüber. Vidal hat sich schon vor einigen Minuten genervt zurückgelehnt und beobachtet, wie ihr Vater die Männer daran erinnert, was die Sombras ihrer Familia alles angetan haben.

Außer seiner Stimme ist nichts zu vernehmen. Sie alle wissen genau, um was es hier geht und wie ernst es ist.

Sein Vater hat recht, Vidal kennt jede einzelne der Geschichten und Schicksale, die er hier noch einmal ihnen allen in Erinnerung ruft, er weiß auch genau, was er hier bezweckt, doch die Zeiten haben sich geändert und auch dieser Hass muss sich ändern.

Sein Vater wendet sich zu ihm um und seine dunklen Augen funkeln ihn böse an.

Vidal hat schon immer sehr an seinem Vater gehangen, er weiß noch, wie er ihn als kleiner Junge überallhin begleitet hat. Sein Vater hat ihn alles gelehrt, ihn in allem unterstützt und immer vertraut und es verletzt ihn, dass er das nun nicht mehr tut. Noch mehr verletzt es ihn aber, dass er gezwungen ist, ihm nun in den Rücken zu fallen. Vidal hat sich niemals vorgestellt, dass dieser Tag einmal kommen wird.

Als er erneut ansetzt, etwas zu sagen, steht Vidal auf.

»Oh und habt ihr vergessen, wie die Tante ...«

»Nein, Vater, das haben wir nicht! Keiner hier, keiner der Männer, die schon immer an unserer Seite waren und auch keiner der Männer, die neu dazugekommen sind und diese Geschichten kennen. Es hat auch niemand verlangt, dass all das jemals vergessen wird, das kann niemand verlangen.«

Vidal stellt sich zu seinem Vater und sieht zu seinen Männern, sieht ihnen in ihre Gesichter.

»Dieser Hass zwischen den Sombras und uns besteht schon lange, und wenn mir vor einem Jahr jemand gesagt hätte, dass ich jetzt hier vor euch stehe und mit euch darüber spreche, hätte ich das selbst nicht geglaubt, doch die Zeiten ändern sich. Das haben sie sich schon immer und werden sie auch weiterhin tun.

Wir haben mit den Sombras zusammengearbeitet und ich bekomme mit Belinda Kinder. Das sind Tatsachen, die sich nicht mehr ändern lassen. Ich weiß, dass ich schon längst mit euch hätte über all das sprechen sollen, denn am Ende bringen all unsere Entscheidungen nichts, wenn ihr das nicht mittragt.

Es wird in Zukunft anders laufen müssen.

Ich werde Vater, Belinda wird bei uns leben. Viele von euch kennen sie schon, ohne dass jemand wusste, dass sie die Tochter von Alvero Sombras ist. All das hat nicht bewusst begonnen, doch ich bereue es auch nicht. All die letzten Monate hatten wir mit den Sombras zu tun, wir waren gezwungen zusammenzuarbeiten, haben geholfen, ihre Frauen zu befreien, sie haben uns dabei geholfen, unsere Verräter zu finden.

Die Umstände haben uns gezwungen, mit ihnen zusammenzuarbeiten, doch es hat gezeigt, dass es machbar ist.

Nun hat sich alles beruhigt und was jetzt bevorsteht, sind neue Verhandlungen. Alvero, Alejandro und all die anderen Anführer der

Sombras wollen nur das Beste für Belinda und unsere Babys und ich hoffe, dass auch ihr das über den alten Hass stellen könnt. Ich denke, ihr habt die Veränderungen bemerkt und miterlebt. Ich glaube, ihr wisst, dass Alejandro mittlerweile nicht mit dem Messer hinter mir steht ...«

Einer der Männer lacht auf. »Der nicht, aber der mit den grünen Augen, Roman, würde sofort seine Waffe ziehen ...«

Roman ist der Einzige, der sich gar nicht unter Kontrolle hat.

»Ja, er wird sich aber zu Belindas Wohl auch zurückhalten. Ich kann auch noch nicht sagen, was die neuen Verhandlungen bringen, doch ich weiß, dass sie dazu bereit sind und nun liegt es an uns. Keiner spricht hier davon, dass wir mit den Sombras Geschäfte machen werden, es wird sich an alldem nichts ändern. Wir gehen uns aus dem Weg, das Einzige, was sich ändert ist, dass Belinda bei uns wohnt, dass wir mit den Sombras keine Geschäfte machen, ihnen aber auch nichts mehr in den Weg stellen, und wenn sich einer von ihnen auf unser Gebiet wagt, nicht gleich schießen sondern fragen, was sie wollen. Dass Vida und Paz von beiden Familias geliebt und beschützt werden und wir für sie neue Lösungen finden.«

Dieses Mal unterbricht sein Vater ihn.

»Denkst du im Ernst, dass unsere Männer auf einmal mit den Sombras zusammenarbeiten können oder dir weiter so vertrauen, wenn die Sombras hier ein- und ausgehen?«

Vidal setzt an etwas zu sagen, doch Benito meldet sich zu Wort. »Ich denke, dass keiner hier an Vidal zweifelt, das haben wir noch nie getan und ich denke auch, dass wir alle mit der Zeit gelernt haben, die Frauen aus all dem Krieg herauszuhalten. Auch als die Sombras-Frauen hier zum Schutz waren, ist nichts passiert. Ich weiß nicht, ob ich für alle spreche, doch ich denke, dass wenn es sich weiter um die Frauen handelt und wir nicht mit den Sombras zusammenarbeiten, die Männer damit leben können. Wir freuen uns für Vidal und auch auf die Kinder. Sie werden eh mehr von den Puentes haben.«

Dante neben ihm lacht auf, auch einige andere Männer stimmen zu.

Vidal möchte es nicht, es bricht einen tiefen Punkt in seinem Herzen und er kann seinen Vater dabei nicht einmal ansehen, als er sich genau vor die Männer stellt.

»Wer nicht damit leben kann, dass Belinda ab sofort hier leben wird und wir neue Verhandlungen mit den Sombras beginnen und nicht mehr voll und ganz hinter mir steht, der soll jetzt die Hand heben. Ich werde nichts machen, was meine Männer nicht unterstützen.«

Komplette Stille, nicht einer hebt die Hand, doch dann stehen Aaron und Cuba auf. »Wir stehen komplett hinter dir, Vidal, das haben und werden wir immer!« Nach und nach stehen alle Männer ohne Zweifel auf und zeigen so, dass sie hinter Vidal stehen.

Es füllt sein Herz mit Stolz und er weiß, dass dieser Weg der richtige ist.

Er senkt den Blick, als sein Vater ohne ein weiteres Wort zu verlieren geht und die Tür laut zuschlägt.

Doch er wusste auch, dass er dafür jemanden verletzen muss, den er liebt.

»Verdammt!«

Lilly legt ihren Kopf gegen das Lenkrad und schließt einen Moment die Augen.

Sie fühlt sich, als wären zwei Schnellzüge über sie gefahren. Zwei Nächte hat sie kaum geschlafen, gestern war eine wichtige Prüfung und im zweiten Kursblock hat sie die nächste mündliche Prüfung.

Während der letzten Tage hat sie nur gelernt, sie kann alles, wirklich alles, doch jetzt ist sie so müde und ausgebrannt, dass sie sich nicht an einen Satz mehr erinnern kann.

Ihr Handy klingelt.

'Du schaffst das, Engel. Was hältst du davon, wenn wir für einige Tage wegfahren? Ich glaube, das würde dir guttun. Ich mache mir Sorgen.'

Santos hat sich in den letzten Tagen sehr zurückgehalten. Lilly weiß, dass er es nicht gut findet, wie ernst sie all das hier nimmt. Dass sie nächtelang nur lernt und außer der Uni und dem Lernen zu nichts anderem kommt, doch er hat verstanden, dass sie das so möchte und schaffen will und unterstützt sie.

Er war schon immer die Liebe ihres Lebens, doch seit sie wieder zusammengefunden haben und sie beide in der Zeit der Trennung erwachsener geworden sind, hat er ein ganz neues Gespür für sie bekommen. Es gibt viel mehr Kleinigkeiten, auf die er achtet. Wenn sie lernt, sorgt er dafür, dass sie immer etwas zu essen bekommt und wenn er weg ist, spannt er sogar seine Brüder dafür ein.

Natürlich weiß Lilly selbst, dass sie essen und trinken muss, um genug Energie zu haben, doch wenn sie erst einmal in ein Thema vertieft ist, passiert es einfach immer wieder, dass sie zwar den Durst verspürt, aber ihn nach hinten schiebt, um noch einen Absatz zu lesen, und noch einen ... So ist dann schnell ein ganzer Abend vorbei, ohne Essen und Trinken und Lilly hat es nicht einmal richtig bemerkt.

Er achtet auch darauf, dass wenn er verreist ist, Alena mit Anibal vorbeikommt und Lilly mit an die frische Luft nimmt.

Sie weiß, dass er diese stressigen Phasen der Uni nicht mag, doch er weiß auch, dass diese meist nur kurz sind, und schon in zwei Wochen ist hier wieder der größte Stress vorbei.

Auch das wird sie noch schaffen. Lilly steigt aus, bindet sich ihre Tasche um und gleichzeitig ihre langen Haare zu einem unordentlichen Dutt nach oben. Sie trinkt ihren Kaffee zu Ende. Sie muss wach werden und ihre Gedanken ordnen, sonst waren all die letzten Tage des Lernens völlig umsonst. Durch ihre Müdigkeit ist alles in ihrem Gehirn nur noch durcheinander.

Es ist nicht so, als hätte sie nicht versucht zu schlafen, sie hat gelernt und sich sogar extra früh ins Bett gelegt, doch es war nichts zu machen. Immer wieder ist sie all den Stoff durchgegangen und hat sich selbst ermahnt, endlich zu schlafen, doch es ging nicht und jetzt, kurz vor der Prüfung, ist alles weg.

Lilly will die Uni betreten, da sieht sie ihre neue Mitstudentin Rose neben Zacharias aus ihrem Kurs an seinem Auto gelehnt stehen und laut lachen.

Mit Rose versteht sie sich immer besser, sie lernen oft zusammen und normalerweise ist sie noch viel nervöser und aufgeregter als sie, deswegen sieht sie verwundert zu, wie die beiden entspannt auf sie zu schlendern. Sie begrüßen sie und Rose wirkt so entspannt wie schon lange nicht mehr. Vielleicht hat sie vergessen, was für eine wichtige Prüfung heute ansteht.

»Guten Morgen, hast du die Prüfung vergessen? Normalerweise rennst du doch mit drei Ordnern in der Hand wie verrückt im Flur herum.«

Lilly gibt Rose einen Kuss auf die Wange und lächelt Zacharias an.

»Normalerweise, aber vorgestern und auch heute hat sie eine Wunderpille genommen, die hilft, die Nervosität zu unterdrücken und sich voll und ganz auf das zu konzentrieren, was man kann.«

Sie laufen zusammen in das alte Gebäude.

»Ja, Lilly, er hat recht. Margarita, die den letzten Test als Beste absolviert hat, hat mit den Tipp gegeben. Eine Pille, ähnlich wie ein Joint, beruhigt deine Nerven und nimmt dir die Müdigkeit. Der letzte Test war so einfach, weil alle anderen Sachen ausgeschaltet waren und ich mich voll und ganz auf das konzentrieren konnte, was ich gelernt habe. Probiere auch mal eine, ich habe gerade zwei gekauft, du kannst eine haben.«

Lilly sieht die beiden an. Sie hat von solchen Hilfsmitteln gehört, sie sollen natürlich sein und ähnlich wirken wie ein Joint, es hilft den Nerven und gegen die Müdigkeit. »Ich weiß nicht, ich nehme keine Drogen, ich rauche nicht einmal.«

Rose lacht. »Ich doch auch nicht, doch das sind keine Drogen, das nimmt jeder hier. Außer dass du nach zwei Stunden einen tierischen Hunger hast, passiert nichts. Hier hast du eine, überlege es dir. Ich bin froh, das entdeckt zu haben.«

Sie gehen in ihren ersten Kurs. Zacharias hat einen anderen und dreht sich noch einmal zu Lilly um. »Davon kann man nicht abhängig werden oder sonst etwas, ist so ähnlich zusammengestellt wie diese Krautdinger aus der Apotheke, die gegen Schlafstörungen helfen, nur mit der entgegengesetzten Wirkung, also mach dir keinen Kopf. Viel Glück in den Prüfungen!«

Rose hat ihr einen kleinen Beutel mit einer Pille in die Hand gedrückt. Lilly steckt sie sich schnell in die Jeans und sie setzen sich auf ihre Plätze. Sie verurteilt es nicht, wenn man etwas nimmt, um fitter zu sein, einige trinken auch literweise Energydrinks, doch sie hatte sich eigentlich vorgenommen, nicht auf so etwas zurückgreifen zu müssen, es von allein zu schaffen, und auch jetzt hat sie es nicht vor. Das ändert sich erst, als Rose sie anstößt, weil sie zweimal fast eingeschlafen wäre.

So wird sie diese wichtige Prüfung nicht schaffen. Lilly holt sich Wasser aus ihrer Tasche und zieht die Pille aus der Hosentasche. Einmal, nur um wacher zu werden, danach wird sie nie wieder zu solchen Hilfsmitteln greifen.

Sobald sie sich dazu entschlossen hat, schluckt sie die Pille auch schon herunter. Rose schreibt gerade alles fleißig mit, selbst dazu fehlt Lilly die Kraft.

Sie setzt ich gerade hin und öffnet ihre Augen richtig. Es kann einige Zeit dauern, bis die Pille wirkt, sie soll sehr schwach sein, doch schon nach wenigen Sekunden beginnt es in Lillys Ohren zu rauschen. Ihr Mund wird trocken und sie trinkt noch einen Schluck, doch schon in der nächsten Sekunde fühlt sich ihr Körper an, als würde er nach und nach einschlafen.

Lilly bekommt Panik, irgendetwas stimmt nicht, sie wendet sich zu Rose um, doch sie kann nicht mehr klar sehen.

»Lilly? Was ist los? Du bist kreideweiß, wieso zitterst du ... Lilly? LILLY!!!«

Alles wird schwarz.

Kapitel 9

»Ich muss noch kurz ins Center, dort liegen Unterlagen. Die Post bringt mittlerweile vieles dahin, weil sie Angst vor den Wachen haben.«

Santos läuft in die Küche seines jüngeren Bruders Ponce. Er hat ihn vermisst. Auch wenn sie alle nicht Tag und Nacht zusammen sind, verbringen sie doch eine Menge Zeit miteinander und wenn einer von ihnen dann mehrere Wochen hintereinander unterwegs ist, merkt man das doch.

Es ist still im Haus, die Haushälterin war offensichtlich nicht da, es liegen überall Klamotten herum und zwei Taschen stehen noch auf der Couch. Sie haben dafür gesorgt, dass Ponces Haus vor seiner Ankunft gesäubert und der Kühlschrank gefüllt wurde, so wie sie es immer tun, wenn einer von ihnen länger weg ist.

Santos nimmt mehrere Scheiben Toast, Putenbrust und Käse aus dem Kühlschrank und einen Teller mit geschnittenen Tomaten. Er legt die Weißbrotscheiben mit dem Käse und den Putenbrüsten unter den Küchengrill und legt Tomaten dazu. Dabei hört er, dass Ponce aus dem Bad kommt und sieht ihm entgegen.

Eigentlich hat nur er einen Termin, aber weil er ihn vermisst hat, hat er ihn gerade aus dem Bett geklingelt und gesagt, er soll ihn zum Hafen begleiten. Sie treffen Makler, die ihnen neue Lagerräume zeigen wollen. Sie benötigen mehr Platz, ihre Geschäfte wachsen und deswegen müssen sie einiges neu strukturieren.

Das gilt für alles, sie brauchen auch mehr Fläche in der Cuidad, sie haben morgen ein Treffen deswegen, sie müssen anbauen, doch es ist noch unklar wie viel und wie sie das umsetzen sollen.

Alejandro hat vorgeschlagen, die Cuidad komplett neu auf einem viel größeren Gebiet zu errichten, quasi einen ganzen Bezirk für die Familia. Ihr Vater war nicht einmal abgeneigt, doch Santos kann sich nicht vorstellen, wie sie das verwirklichen sollen.

Es steht einiges an in nächster Zeit. Vor allem das mit Belinda und den Babys wird ihnen noch zu tun geben. Ihr Vater erwartet ein Treffen mit den Puentes, doch bisher scheint Vidal seinen Vater noch nicht davon überzeugen zu können.

Er ist zwiegespalten, was all das betrifft.

Er möchte nicht, dass seine Schwester und ihre Babys auf dem Puentes-Gebiet leben, doch natürlich versteht er auch, dass die beiden bei ihrem Vater aufwachsen sollen. Er weiß, dass Vidal sie liebt und für sie sorgen wird, doch es widerstrebt allem, wonach er bisher gelebt hat, plötzlich den Puentes vertrauen zu müssen.

Sein einziger Trost ist, dass er weiß, dass es jedem hier so geht, keiner ist glücklich mit der Situation, auch wenn sie versuchen, sich für Belinda, Vida und Paz damit abzufinden.

»Ich warte draußen!«

Santos sieht Ponce entgegen. Sein kleiner Bruder ist alles andere als klein. Er ist genauso groß wie er und im letzten Monat hatte er mit Cisco in Guatemala eine Wette am Laufen, beide haben sich nochmal eine ordentliche Muskelmasse antrainiert und sein Bruder ist so durchtrainiert wie noch nie. Santos muss sich wieder mehr ranhalten.

Ponce ist ein wenig brauner geworden, er zieht sich ein weißes Shirt über und verdeckt so die Initialen CS auf seiner Brust, neben denen er sich jetzt ein Kreuz hat stechen lassen. Wie immer trägt er einen leichten Dreitagebart. Er sieht müde aus, doch seine Augen funkeln wütend vor sich hin, wie schon die ganze Zeit, seit er zurück ist. Er hat nicht einmal Ponces Grübchen gesehen, die er sonst immer im Gesicht trägt, weil Ponce von ihnen allen am unbeschwertesten und entspanntesten war, doch das merkt man ihm kaum noch an.

Santos hat Gerüchte gehört, doch so ganz konnte er denen nicht glauben. Lilly hat ihm davon erzählt, dass sich herumspricht, dass Ponce etwas mit Alina gehabt haben soll, bevor er nach Guatemala geflogen ist.

Lilly hat ihm immer wieder gesagt, dass Alina in den letzten Wochen jedes Mal, wenn von Ponce gesprochen wurde, komisch reagiert hat. Mal ist sie weggegangen, dann hat sie interessiert zugehört und nachgefragt, auch sie hatte sofort die Vermutung, dass da mehr zwischen den beiden ist.

Doch seit einigen Tagen soll sich Alina mit einem Lieferanten getroffen haben und die Gerüchte sind verstummt, bis Ponce zurückgekommen ist und seitdem herumläuft, als wolle er am liebsten in das nächste Flugzeug steigen und wieder wegfliegen.

Santos legt den Kopf ein wenig schief und sieht seinem Bruder in die Augen, als dieser zu ihm tritt und ihm eines der Käse-Sandwiches abnimmt. »Was läuft da zwischen dieser Alina und dir? Ich meine, sie ist echt hübsch, aber du wolltest doch nie ...«

Ponce flucht leise auf, als er ins heiße Sandwich beißt und sich schnell eine kalte Limonade öffnet. »Da ist gar nichts. Ihr seid schlimmer als alle Klatschweiber zusammen ...« Santos lacht auf, er kennt diese Reaktion von sich selbst und auch von Alejandro mittlerweile nur zu gut. Nun hat es offenbar Ponce erwischt.

»Lass uns losfahren, wir sind spät dran, aber vergiss nicht, dass du eine ganze Zeit weg warst, Ponce. Du kannst nicht erwarten, dass die Welt sich in dieser Zeit nicht weiterdreht. Doch nun bist du wieder da und kannst einiges wieder richtigstellen. Wehr dich nicht zu sehr dagegen, du hast eh keine Chance, sieh dir Alejandro und mich an.«

Sie laufen gemeinsam zu Santos' Wagen, der schon vor Ponces Haus auf sie wartet.

»Das tue ich und ich werde garantiert nicht freiwillig mein Leben nur auf eine Frau umstellen, also vergiss alles, was du denkst gehört zu haben, es stimmt nicht.«

Santos setzt sich ans Steuer und lacht.

»Natürlich nicht, ich versteh schon.«

Bevor Ponce sich noch mehr aufregen kann, gibt Santos Gas im selben Moment, als sein Handy klingelt. Es ist Dario aus dem Wachhaus.

»Santos, wo steckst du? Hier ist jemand, der sagt, er sei aus Lillys Uni und es ist etwas passiert.« Santos ist schon fast am Wachhaus.

»In der Uni oder mit Lilly? Wieso hat sie nicht angerufen? Ich bin gleich da.« Santos spürt Ponces Blick auf sich. Er weiß, dass er, sobald es um Lilly geht, nicht mehr klar denken kann, besonders wenn etwas nicht stimmt, und in diesem Moment spürt Santos, dass irgendetwas nicht in Ordnung ist.

In seinem Magen breitet sich ein ungutes Gefühl aus, als er auf das Auto am Wachhaus sieht und zu dem Mann, der unsicher zu Dario blickt. Santos hält genau an dem Wagen und fährt das Fenster herunter.

Man erkennt, was für eine Angst der Mann hat, dass er trotzdem hier ist, lässt nichts Gutes erahnen.

»Wer bist du und was ist los?«

Der Mann sieht ihm in die Augen.

»Ich weiß es nicht genau. Mich hat eine Freundin darum gebeten herzukommen. Keiner hat die Nummer von euch und konnte so Bescheid geben. Es geht um Lilly. Ich kenne sie nicht weiter, doch ihr geht es wohl nicht gut. Ich habe nur die Krankenwagen vor der Uni gesehen und da hat mich Rose angesprochen und gebeten, herzukommen und sofort Bescheid zu sagen, da sie sonst nicht wusste, wie sie euch erreichen konnte. Ich weiß leider auch nicht genau, was passiert ist oder wie es Lilly geht, ich wollte nur ...«

Santos gibt Gas.

Er weiß nicht wieso, doch er spürt, dass irgendetwas Schlimmes passiert.

»Hey, atme durch. Du weißt doch noch gar nicht was los ist, behalte einen klaren Kopf.«

Er ist der Ältere, doch Ponces Stärke war es schon immer, in solchen Momenten einen klaren Kopf zu bewahren. Santos rast nach San Juan, während sein jüngerer Bruder in den Krankenhäusern rund um die Uni anruft.

»Sie ist im St. Joseph. Die Schwester konnte mir nur sagen, dass sie eingeliefert wurde und gerade behandelt wird. Fahr hinten raus, da kommen wir schneller zum Krankenhaus.«

Santos reagiert mechanisch, seine Gedanken rasen. Was kann passiert sein? Lilly ging es gut. Gestern hatte sie ein wenig Kopfschmerzen, aber das hat sie öfter mal, wenn sie so viel lernt wie in letzter Zeit. Er hat geschlafen, als sie heute aufgestanden ist. Er hat halb mitbekommen, wie sie sich an ihn gekuschelt und ihn geküsst hat.

Vielleicht ist sie zusammengebrochen, weil sie einfach zu viel Stress mit der Uni in letzter Zeit hatte.

Santos hat sie gebeten, etwas kürzer zu treten, sich zu entspannen, doch Lilly war schon immer sehr ehrgeizig und vor allem in letzter Zeit ist das stärker geworden.

Es wird sicher nichts Schlimmes sein. Möglicherweise eine Warnung des Körpers. Santos versucht, sich selbst zu beruhigen, während Ponce ihm den schnellsten Weg zeigt und Alejandro und ihren Vater informiert.

Er parkt nicht, er hält direkt vor dem Eingang an und steigt aus. »Wo ist die Frau aus der Uni? Lilly ...« Die Schwestern am Empfang haben nicht damit gerechnet, dass sie es waren, die angerufen haben.

»Ähmm, sie haben sie in die Notaufnahme gebracht, da kommen alle ...« Santos geht schnell zu der großen verglasten Tür, auf der die Buchstaben 'Notaufnahme' platziert sind. Hier ist ein Wartebereich, in dem viele Menschen sitzen. Einige mit blutenden Wunden, ein Kind hält sich den Arm, er blickt sich um, doch er kann Lilly nicht entdecken.

Ponce, der genau hinter ihm ist, geht zu einer weiteren Tür, Santos bleibt neben ihm, hinter der Tür ist die Anmeldung. Zwei Frauen blicken ihnen angespannt entgegen.

Ponce beginnt zu reden, doch in dem Moment bleibt Santos' Herz stehen. Man kann hinter den Frauen in einen großen Behandlungsbereich mit mehreren Türen blicken, in einer Tür erkennt er eine Trage und Lillys Beine, die schlaff herunterhängen. Eine Schwester und ein Mann stehen bei ihr und hantieren an ihr herum.

Santos stößt eine weitere Tür auf, um zu Lilly zu kommen. »Warten Sie, es ist nicht so leicht. Sie hat eine Überdosis, ihr Atem setzt immer wieder aus, wir haben sie schon ...« Eine Schwester versucht ihn aufhalten und plötzlich piept es fürchterlich aus dem Zimmer, in dem Lilly behandelt wird.

»Schnell, wir verlieren sie!« Santos drängt sich an der Schwester vorbei. »Sie müssen warten, Sie können nichts tun. Wir müssen sie retten und Sie müssen uns lassen.«

Santos hört nicht auf sie, doch er spürt Ponces Arme um sich und plötzlich auch seinen Vater neben sich. Er hatte einen Termin in San Juan und war deswegen in der Nähe.

»Lass die Leute arbeiten, Santos, du kannst jetzt nichts tun!«

Santos reißt sich los und wird doch wieder vor der Tür gestoppt, er kann sehen, wie Lillys lebloser Körper auf der Liege liegt und die Ärzte auf ihr herumdrücken.

In diesem Moment hat er das Gefühl, ihm wird der Boden unten den Füßen weggezogen. Er weicht zurück und will sich gleichzeitig losreißen, um bei ihr zu sein, doch er sieht, wie viele Ärzte um sie herumstehen und sie zu retten versuchen.

»Komm schon, Santos.« Er wird erneut weggezogen, nur minimal, weil alle ahnen, dass man ihn nicht von Lillys Seite bekommt. Er lehnt sich gegen die Wand und atmet tief ein, sein Blut kocht, sein Herz schmerzt und sein Hals ist zugeschnürt.

»Sie war heute morgen … was ist passiert? Was … wieso …?«

Da steht er.

Santos Sombras. Einer der mächtigsten Männer Puerto Ricos, der immer handeln kann und sich niemals in die Knie zwingen lässt, aber in diesem Augenblick gleitet ihm alles aus den Händen.

Alejandro kommt zu ihnen. Santos hat kein Zeitgefühl mehr. Er spürt die Hand seines Vaters auf seiner Schulter und sieht, wie Ponce unruhig zu dem Raum blickt, neben dem sie stehen und in dem es sehr hektisch ist.

»Ich habe draußen einige aus Lillys Uni getroffen. Unter anderem diese Rothaarige, die ein paar Mal bei uns war. Sie sagen, dass Lilly heute sehr müde war und sie ihr eine der Pillen gegeben haben, die einige von ihnen nehmen, um wacher zu sein. Keiner weiß aber genau, was da drinnen ist. Lilly hat die Pille genommen und ist sofort umgekippt.«

Santos bebt vor Wut, doch die Angst um sie lähmt ihn, er sieht Alejandro in die Augen und erkennt darin große Sorgen. Um Lilly und wahrscheinlich auch um Santos. Als er ansetzt, etwas zu sagen, unterbricht Alejandro ihn.

»Ich habe sie alle zu ihrer eigenen Sicherheit nach Hause geschickt. Was sagen die Ärzte? Wann erfahren wir etwas?«

Ponce bleibt stehen. »Sie helfen ihr gerade, sie ist stark, sie wird das schaffen, hörst du, Santos?« Er kann nicht, er versucht, noch einmal in das Zimmer zu gelangen, doch er hat keine Chance, seine Brüder und sein Vater halten ihn davon ab.

Tief im Inneren weiß er, dass es richtig ist, die Ärzte ihren Job machen zu lassen, doch er will zu Lilly, will sie retten, irgendetwas tun, aber das kann er nicht.

Santos hat sich noch niemals so hilflos gefühlt und es kommt ihm vor wie endlose Stunden. Er vernimmt jedes Piepsen, jede gedämpfte Stimme, jede Schwester, die den Raum verlässt und zurückkommt, jede Bewegung. Er wartet nur auf eine erlösende Nachricht, doch es passiert nichts.

Sie fragen immer wieder nach, doch es wird nur gesagt, dass sie warten sollen. Santos kann nicht sagen, ob es zehn Minuten oder drei Stunden dauert, bis dann endlich ein Mann zu ihnen tritt.

»Wir haben es geschafft, sie stabil zu bekommen. Es ist noch unklar, was genau sie zu sich genommen hat, doch ihr Körper hat heftig auf diese Drogenmischung reagiert.« Alejandro unterbricht ihn. »Sie raucht nicht mal, ihr wurde gesagt, dass es einfach nur Wachmacher sind.«

Der Arzt nickt.

»Diese Tabletten werden immer gefährlicher, die Mischungen immer undurchschaubarer. Ihr Körper ist komplett zusammengebrochen. Ihr Blut wurde nicht mehr richtig mit Sauerstoff versorgt und sie hat aufgehört zu atmen. Wir müssen noch mehrere Untersuchungen machen, doch zuerst können wir nur beten, dass sie stabil bleibt. Ihr Körper ist uns dreimal fast entglitten, es darf kein weiteres Mal passieren. Wir verlegen sie jetzt auf die Intensivstadion, wo sie die ganze

Zeit überwacht wird. Einer darf bei ihr bleiben, ich muss aber gleich sagen, dass sie zwar stabil ist, ihr Zustand aber noch sehr kritisch. Ich kann Ihnen nichts versprechen.«

Alejandro flucht leise auf, Santos ist nicht mehr in der Lage zu reagieren, in dem Moment wird eine Liege herausgefahren, auf der Lilly liegt. Santos stoppt sie.

Sein Engel.

Lilly ist weiß, sie hat kaum noch Leben im Gesicht. Ihr Körper liegt leblos und schlaff da und Santos spürt sofort, dass sie nur einen Hauch von Leben in sich hat. Er greift nach ihrer Hand, eine Schwester will etwas sagen, doch Santos unterbricht sie.

»Wenn noch einmal einer versucht, mich von ihr zu trennen, töte ich ihn!«

Er meint das so, wie er es gesagt hat und keiner hier zweifelt daran.

Sie schieben die Liege weiter, Santos bleibt bei Lilly. »Wir warten.« Er dreht sich noch einmal zu seinen Brüdern und seinem Vater um und sieht Ponce in die Augen.

»Findet denjenigen, der ihr diese Pille gegeben hat und kümmert euch darum!«

Ponce nickt und Santos geht weiter neben Lilly her.

Sie werden in einen Raum gebracht, in dem sie in ein größeres Bett gelegt wird. Unmengen von Schläuchen und Monitoren sind um sie herum, Santos zieht sich einen Stuhl heran und bleibt genau neben ihr sitzen, küsst ihre Hand und sieht in ihr blasses Gesicht.

Die Schwestern sagen ihm, dass sie kommen werden, sobald etwas sein sollte und lassen sie alleine, und jetzt kann Santos das erste Mal seinen Gefühlen freien Lauf lassen.

Tränen weichen aus seinen Augen und er küsst Lillys Hand. Er war noch niemals so verzweifelt und machtlos.

Es ist nicht das erste Mal, dass er um Lilly weint, sie ist die Liebe seines Lebens und er hat sie schon einmal verloren, doch das hier ist etwas ganz anderes.

»Du musst bei mir bleiben, Engel, hörst du? Du darfst mich nicht verlassen, du bist alles für mich, Lilly, wach auf und bleib bei mir.«

Seine Tränen befeuchten ihre Hand, er beugt sich vor und küsst ihre Stirn, sieht in ihr hübsches Gesicht, dass so blass und kraftlos aussieht und achtet auf jede Kleinigkeit. Er wird nicht von ihrer Seite weichen, bis sein Engel wieder die Augen öffnet und wach wird.

Ponce lehnt sich einen Augenblick in seinem Auto zurück.

Es ist später Abend, der Tag war lang, er steht unter Spannung und weiß nicht einmal, ob er müde ist oder Hunger oder Durst hat.

Er hat sich für Santos um alles gekümmert. Sein Vater und Alejandro sind in der Klinik, genau wie Belinda und Alena. Er wird auch wieder hinfahren, er will nur einige Sachen für Santos holen.

Lilly geht es nicht besser, Santos ist bei ihr, doch sie ist stabil geblieben und die Ärzte sagen, das sei gut.

Er wollte vorbeifahren, aber er hat gesehen, dass im Center Licht brennt und, warum auch immer, hat er gehalten. Das alles setzt ihm zu. Er liebt Lilly, und Santos so zu sehen, macht ihn fertig. Der Gedanke, dass all das nicht gut enden könnte, bedrückt ihn. Dieses Licht hat ihn angezogen, was völlig unsinnig ist, doch trotzdem steigt er aus dem Auto und geht hinein.

Es ist alles dunkel, er war eine Weile nicht hier, er hat Bilder gesehen, doch nun erkennt er trotz Dunkelheit, dass es wirklich schön geworden ist.

Das Licht kommt aus dem Essens- und Küchenbereich. Alina sitzt an einem Tisch über einigen Unterlagen und sieht erst auf, als er in den Raum tritt.

Einen Moment hält er ein. Er muss an ihre ersten Begegnungen denken. Wie sie in dem Obdachlosenheim ihres Vaters aneinandergeraten sind, wie er sie aus dem Haus und von Benjamin befreit hat. Er hatte Alina tagelang in seiner Gewalt, hat sie täglich vergewaltigt und sie gezwungen, heile Familie zu spielen, kurz davor hat er ihren Vater und viele Menschen, die sie sehr gemocht hat, ermordet.

Eigentlich hätte da die Geschichte enden sollen, doch Belinda war es, die ihm ein schlechtes Gewissen eingeredet hat, sich nicht weiter um Alina gekümmert zu haben. Das hat er dann auch getan, doch sie sind immer wieder aneinandergeraten. Natürlich hat sie versucht, mit all dem Schmerz in sich klarzukommen, doch sie hat es nicht geschafft, nicht alleine.

Er bereut es nicht, sie hergeholt zu haben, sie macht die Arbeit hier großartig, alle mögen sie und sie erholt sich. Man sieht ihr an, dass es ihr besser geht, doch er hat niemals bedacht, wie ihn all das beeinflussen wird.

Vom ersten Moment an fand Ponce Alina wunderschön, es wird niemanden geben, der das nicht so sehen wird, auch jetzt macht sein Herz einen Hüpfer, als er sie ansieht. Ihre langen dunklen Wellen umrahmen ihr zartes Gesicht. Die braunen Mandelaugen blicken ihn mit einer Mischung aus Überraschung und etwas, was er nicht deuten kann, an. Sie trägt ein weißes Top mit Spitze, dazu eine Jeans.

Er fand sie immer anziehend, doch er hätte sich nicht gewagt, einen Schritt auf sie zuzugehen, nicht nachdem er sie da herausgeholt und gesehen hat, was sie dort mitmachen musste. Alena geht es besser dank der vielen Therapien, doch Alina hat beschlossen, sich selbst zu heilen und Ponce mit einbezogen.

Natürlich hat er die Nähe genossen, viel zu sehr.

Er konnte im letzten Monat keinen Tag nicht daran denken und jetzt, als er sie anblickt, fragt er sich, wieso er in all dem ganzen Chaos nicht einmal daran gedacht hat, sich selbst zu schützen und genau vor dem, was jetzt gerade in seinem Herzen vor sich geht, zu bewahren. Es ist doch klar, dass all das nicht so spurlos an ihm vorbeigeht, auch wenn er sich das wünschte.

»Ponce … ich versuche die ganze Zeit, Belinda und Alena zu erreichen, wie geht es Lilly?« Er räuspert sich. »Sie ist am Leben, aber es geht ihr nicht gut. Sie haben sicherlich ihr Handy aus. Ich fahre gleich wieder hin und sage ihnen, sie sollen dir Bescheid geben, wenn sich etwas ändert.«

Alina nickt und sieht ihm in die Augen. »Geht es dir gut?« Ponce würde am liebsten den Kopf schütteln, doch er räuspert sich nur. »Ja, hier soll etwas für Santos liegen.« Sie steht sofort auf und geht in einen Raum, der offenbar als eine Art Büro dient und kommt mit zwei Umschlägen zurück. »Ja, hier.«

Sie kommt zu ihm und übergibt sie ihm. Als sich dabei ihre Hände berühren, sieht sie ihm in die Augen. »Es ist schön, dass du wieder da bist.« Ponce lacht hart auf.

»Das habe ich gesehen, wie schön du das findest. Ich habe dich statt auf meiner Feier mit deinem … Freund gesehen.« Er weiß, dass sich das nicht gleichgültig angehört hat, doch er ist zu wütend über all das, um das noch vorspielen zu können.

Im selben Augenblick sieht er, wie sich Alinas Augenbrauen zusammenziehen und sich diese kleine Falte auf ihrer Stirn bildet. Wie jedes Mal, kurz bevor sie aneinandergeraten sind.

»Na ja, du hattest es auch nicht eilig, zurückzukommen und ich habe sehr schnell gespürt, dass das zwischen uns nicht das ist, was mir … hilft, darüber hinwegzukommen.«

Nun versteht Ponce gar nichts mehr und schüttelt nur den Kopf, er sieht auf der Uhr an der Wand, dass er losgehen muss.

»Ich weiß gar nicht, ob ich all das noch versuchen sollte zu begreifen. Lass den Scheiß, Alina, lass dir ganz normal helfen und versuch nicht, dich selbst zu therapieren. Ich weiß nicht, was du denkst, wie sich das zwischen uns angefühlt hat, doch falsch sicher nicht. Ich muss los, mach's gut und pass auf, dass deine Selbsttherapie nicht gewaltig nach hinten losgeht.«

Ponce geht und das nicht gerade leise.

Im Auto flucht er auf. Er war immer ruhig und ausgeglichen, doch Alina schafft es wieder einmal, Seiten an ihm zum Vorschein zu bringen, von denen er selbst nichts wusste und die er nicht haben möchte.

Er wird dafür sorgen, dass diese Seiten und Alina in den Hintergrund gedrängt werden und er wieder klar denken kann.

Kapitel 10

Vidal hält und wählt erneut Belindas Nummer, aber sie hat das Handy ausgeschaltet.

Er muss sich ermahnen, ruhig zu bleiben. Das kann passieren, vielleicht hat sie sich hingelegt, möglicherweise hat sie etwas Wichtiges vor.

Er hat sich schon immer viele Gedanken um sie gemacht, doch jetzt mit seinen Babys im Bauch würde er sie am liebsten rund um die Uhr bei sich haben, um sie zu schützen, doch er muss versuchen, entspannter zu werden. Deswegen schreibt er ihr eine Nachricht und sagt ihr, sie soll sich melden, sobald sie das liest.

Dann atmet er tief ein und steigt aus.

Es hat lange gedauert, bis er sie gefunden hat, es war eher ein Bauchgefühl, welches ihn hergeführt hat, doch es war richtig.

Er geht an dem schwarzen Maserati vorbei auf die Lichtung, direkt zum See. Ein vertrautes Bild zeigt sich ihm: Seine Mutter kommt aus dem Holzhaus am See, was sie so oft in ihrer Kindheit für einige freie Tage genutzt haben und wohin sich Vidals Eltern auch jetzt noch hin und wieder zurückziehen.

Seine Mutter trocknet sich die Hände an einem Küchentuch ab, als Vidal zu ihr auf die Veranda tritt. »Hallo mein Liebling, ich wusste, dass du kommen wirst.«

Vidal sieht auf den Rücken seines Vaters, der auf dem Steg des Flusses sitzt, neben ihm wie früher die Angel. Er blickt auf das Wasser, als hätte er ihn nicht gehört.

Vidal gibt seiner Mutter einen Kuss auf die Wange, sie sieht sehr müde aus, was sicher auch den Sorgen um ihn und seinen Vater zu verdanken ist, sie nimmt sich all solche Sachen immer sehr zu Herzen.

»Wie schlimm ist es?« Vidal lässt seinen Blick nicht von dem Rücken seines Vaters. Als er noch ein kleiner Junge war und sein Vater dort saß, ist er jedes Mal zu ihm gerannt und auf seinen breiten Rücken geklettert.

Sein Vater war immer stark, in jeder Hinsicht, auch jetzt ist das noch so, doch Vidal weiß, dass er ihn nicht wie damals lachend über seine Schulter auf seine Arme ziehen wird.

»Er ist sehr wütend. Ich habe mit deinem Vater gesprochen und als ich ihm dann gesagt habe, dass ich meine Enkelkinder sehen möchte und dass er versuchen soll, dir ein wenig entgegenzugehen, ist er noch wütender geworden. Ich habe ihm versucht zu erklären, dass wir dabei sind, dich zu verlieren. Ich möchte mich nicht gegen meine Enkel stellen, Vidal, niemals. Ich würde mich freuen, beim nächsten Arztbesuch dabei zu sein und sie zu sehen, doch ich verstehe die Bedenken deines Vaters auch. Es sitzt zu tief, um das einfach zu ignorieren, verstehst du? Ich kann es nicht mit ansehen, wie ihr kaum noch miteinander sprecht.«

Tränen steigen in die müden Augen seiner Mutter und er umarmt sie und küsst ihre Haare. »Es wird alles gut, Mama.« Als er sie loslässt, geht er auf den Steg zu seinem Vater, während seine Mutter ins Haus zurückkehrt und sie beide allein lässt.

Vidal setzt sich neben seinen Vater, der nicht einmal aufblickt. Er starrt auf das Wasser.

Das hat er früher schon immer getan. Wenn Vidal seine Mutter gefragt hat, warum er das tut, hat sie jedes Mal geantwortet, dass er viel Verantwortung hat und viel, worüber er nachzudenken hat.

Er seufzt leise auf, als er jetzt neben seinem Vater sitzt. Nun blickt ihn sein Vater doch von der Seite an.

»Wer sitzt jetzt hier, der Anführer der Puentes oder mein Sohn, der etwas angestellt hat und damit zu seinem Vater kommt?« Vidal blickt weiter auf das ruhige Wasser.

»Da gibt es keinen Unterschied, Papa, beides sitzt jetzt hier.« Sein Vater sieht wieder weg und Vidal räuspert sich. »Es tut mir leid, Papa. Ich liebe dich und ich möchte mich niemals gegen dich stellen, doch ich kann mich auch nicht von der Frau, die ich liebe und meinen Kindern abwenden.

114

Wir alle versuchen eine Lösung zu finden, alle. Ramiro, Alejandro, Elian, es fällt keinem leicht, doch wir alle versuchen es zumindest, nur du bleibst weiter so stur.

Ich verstehe den Hass, doch ich bin mir absolut sicher, dass die Liebe zu den beiden das Ganze zumindest ein wenig aufwiegen kann. Ich möchte nicht mit den Sombras zusammenarbeiten, aber zumindest die Feindschaft so weit einstellen, dass wir uns normal gegenüberstehen können. Mehr erwartet niemand.«

Sein Vater schweigt.

»Ich weiß nicht, ob ich den Sombras jemals genug trauen kann. Das mit Belinda macht mir Sorgen. Ich kenne dich, ich kenne dich besser, als du dich selbst kennst und du hast niemals etwas über die Familia gestellt. Ich habe dich wegen ihr fast verloren und ich weiß nicht, zu was sie noch in der Lage ist, diese Liebe hat zu viel Macht über dich.«

Vidal nickt.

»Das hat sie, Papa, ich würde mein Leben für Belinda geben, das bedeutet aber nicht, dass ich meinen Verstand deswegen verliere und unsere Familia gefährde. Diese Liebe ist mächtig und stark und sie wird einiges verändern. Ich verstehe, dass dir das komisch vorkommt, doch ich denke, wenn du Belinda erst einmal kennenlernst und die Babys da sind, wirst du verstehen, dass das etwas Gutes ist, doch das braucht Zeit und das verstehe ich, das verstehen wir alle. Es ist nur wichtig, dass du dich nicht dagegen stellst, keiner erwartet, dass du es gutheißt, doch gib dem wenigstens eine Chance.«

Vidal ist immer leiser geworden. Im gleichen Moment, als ihm die Worte aus dem Mund kommen, spürt er erneut, wie wichtig es ihm ist, dass sein Vater auf sie zukommt.

Beide schweigen.

»Ich hatte nicht damit gerechnet, dass alle Männer hinter mir stehen, doch jetzt, wo ich es weiß, weiß ich auch, dass sie mir vertrauen und ich auf dem richtigen Weg bin.«

Sein Vater reibt sich die Augen.

»Das ist gut so, Vidal. Sie müssen hinter dir stehen, darum geht es nicht. Ich kann nicht glauben, dass die Söhne von Ramiro dir nicht jederzeit ein Messer in den Rücken stechen würden.«

Vidal muss an Roman denken, der jederzeit zustechen würde.

»Um ehrlich zu sein, bei seinen Söhnen weiß ich, dass sie das nicht mehr tun würden und das nicht wegen mir oder dir, allein wegen Belinda, um sie nicht zu verletzen. Doch das gilt nicht für all ihre Männer, das weiß ich. Denkst du wirklich, ich bin so dumm und stelle mich mit dem Rücken zu ihnen und gebe ihnen irgendeine Angriffsfläche? Du solltest mich besser kennen.«

Sie haben diese Feindschaft vielleicht nicht von klein auf mitbekommen, doch sie steckt auch in ihrem Blut.

Vidal lehnt sich zurück und schließt die Augen. Es ist friedlich hier.

»Du wirst sie mögen, Papa, und du wirst Paz und Vida lieben und wer weiß, vielleicht werden Ramiro und du eines Tages hier sitzen und zusammen über die Vergangenheit nachdenken.«

Vidal spürt die Hand seines Vaters an seinem Ohr ziehen, lässt die Augen aber geschlossen. »Nun träum nicht zu viel, deine Mutter hat Fisch vorbereitet, lass uns grillen. Ich sage Elian und den anderen, dass sie kommen sollen.«

Er steht auf und läuft zurück auf die Veranda. Vidal bleibt liegen und zieht sein Handy aus der Tasche, Belindas Handy ist immer noch aus. Was ist da bloß los?

»Hey!«

Alena schreckt zusammen, als Elian sie in eine kleine Lücke zwischen den Krankenhausgebäuden zieht.

»Elian … mein Herz ist fast stehengeblieben.« Sie wischt sich ihre Tränen weg.

Sie ist seit einiger Zeit im Krankenhaus. Als sie das mit Lilly erfahren hat, hat sie gerade mit Elian geschrieben.

Sie haben sich seit dem Tag, den sie zusammen in der Hütte verbracht haben, nicht mehr gesehen, doch sie hatten ständig Kontakt.

Deswegen hat sie ihr Handy auch immer wieder angemacht und ihn auf dem Laufenden gehalten, während sie vor Lillys Tür warten.

Es ist bedrückend. Alena fühlt sich, als würde ihr jemand die Kehle zudrücken, sie kann kaum atmen, es ist ganz still, alle sehen nur zur Tür, hinter der Santos und Lilly sind und warten ab, dass sich etwas tut.

Vor fünf Minuten hat Elian ihr geschrieben, dass sie rauskommen soll. Hier ist neutrales Gebiet, doch trotzdem ist es zu gefährlich.

Alena hat gesagt, sie braucht kurz frische Luft und ist losgegangen.

Sie hat ihn nicht gesehen und er konnte sie nur überraschen, weil Anibal zu Hause ist, da es einfach alles viel zu schnell ging und sie ohne nachzudenken zum Krankenhaus gerast sind.

»Ich dachte, dass du vielleicht eine Umarmung brauchst. Hör auf zu weinen.« Elian streicht Alena die Tränen von den Wangen und im selben Moment liegt sie in seinen Armen.

»Ich habe Angst, dass wir sie verlieren.«

Elian streicht über ihren Rücken. »Das werdet ihr nicht. Sie wird das schaffen.« Alena kann nur hoffen, dass er recht behält. Sie schmiegt sich an ihn und schließt die Augen. Das lässt sie alles vergessen.

»Das habe ich wirklich gebraucht, danke, dass du gekommen bist.«

Er umfasst sie ganz. »Immer!«

Die letzten Monate haben Elian und sie zusammengeschweißt, auch wenn das nicht hätte sein dürfen, aber es fühlt sich alles mittlerweile sehr vertraut an. Sie gibt einen Kuss auf die freie Stelle an seinem Hals und er küsst ihre Wange.

Er ist gekommen, trotz aller Gefahren, trotz allem was dagegenspricht, nur um sie kurz in den Arm zu nehmen und für sie da zu sein. Alena lächelt an seine Brust und lässt ihre Augen weiter geschlossen.

»Ich liebe dich.«

Es ist das erste Mal, dass sie das sagt, auch wenn es eigentlich schon lange klar ist. Das hier ist viel mehr als nur ein einfaches füreinander schwärmen oder ein wenig verliebt sein.

Sie spürt in diesem Moment, wie Elian sich versteift, es sind nur drei Worte, doch auch wenn diese Worte schon lange in der Luft liegen, wiegt es noch einmal viel schwerer, sie auch auszusprechen.

Doch dann fährt Elians Hand an ihren Hals und er wendet sich so, dass er ihr in die Augen sehen kann.

»Ich liebe dich auch und du fehlst mir.«

Alena lächelt und Elian küsst sie zärtlich. Auch wenn sie schon einige Nähe getauscht haben, ist er weiterhin vorsichtig im Umgang mit ihr.

Als er den Kuss beendet, piept sein Handy und Alena sieht zum Eingang des Krankenhauses, während Elian seine Nachricht liest.

»Ich muss zurück, bevor jemand mich suchen kommt. Danke, dass du da warst. Ich habe nächste Woche nur eine Therapiesitzung, ich sage, ich habe mehr, sodass wir uns treffen können.«

Er nickt und steckt sein Handy in die Hosentasche. »Okay, und halte mich auf dem Laufenden. Ist Belinda bei euch?« Alena nickt. »Ja, sie hat viel geweint und ist eingeschlafen, sie wartet auch vor der Tür.«

Elian gibt ihr einen Kuss auf den Mund. »Melde dich bei mir und pass auf dich auf.« Alena nickt und geht zurück ins Krankenhaus.

Sie hat noch immer Angst um Lilly, doch diese kurze Nähe hat sie wieder Kraft tanken lassen. Sie hat Elian gesagt, dass sie ihn liebt und damit vielleicht etwas unterschrieben, was sie gar nicht erst hätten beginnen dürfen, doch es ging nicht anders.

Wie kann etwas, was sich so gut anfühlt, für alle anderen so falsch sein?

Santos läuft im Raum auf und ab. Er fühlt sich wie ein Raubtier in einem zu kleinen Käfig, dem man das Liebste zu nehmen droht. All seine Knochen tun ihm weh.

Die Nacht über hat sich der Zustand von Lilly gebessert, sodass die Medikamente langsam heruntergefahren werden und sie bald wieder wach werden sollte. Ihr Körper gewinnt gegen die Drogen.

Santos hat immer mal wieder kurz geschlafen, aber nicht richtig, er hat Lilly nicht aus den Augen gelassen, auch jetzt sieht er immer wieder zu ihr, während er versucht, sich ein wenig zu bewegen.

»Santos.« Ein leises Flüstern lässt ihn aufhören.

Santos geht schnell zu Lilly, die ihre Augen aber weiter geschlossen hat, doch wieder flüstert sie seinen Namen.

»Ich bin hier, Engel.« Er küsst ihre Wange und hält ihre Hand, und wirklich nach und nach beginnt sie, sich mehr zu bewegen und öffnet immer wieder ihre Augen.

Sie ist noch schwach und sie fallen schnell wieder zu, ihr fehlt die Kraft, doch auch die Schwestern müssen das an den Geräten gesehen haben und kommen herein, um alles zu überprüfen.

Es dauert einige Zeit, bis Lilly wirklich die Augen geöffnet hat, und als sie ihm dann müde und ängstlich in die Augen sieht, gibt Santos immer wieder Küsse auf ihre Stirn und spricht ein leises Gebet des Dankes, dass er seinen Engel nicht verloren hat.

Emilia beendet ihr Gebet.

Sie zündet noch eine weitere Kerze an, bekreuzigt sich und verlässt dann erst wieder die Kirche.

Die Erleichterung, dass es Lilly besser geht, ist ihnen allen anzumerken. Emilia war auch im Krankenhaus, doch noch darf niemand außer Santos zu ihr. Er ist bisher nicht eine Minute von ihrer Seite gewichen, doch die Ärzte sind sich sicher, dass sie in den nächsten Tagen wieder nach Hause kann.

Emilia hat für sie gebetet, sie alle haben das. Auch wenn sie für viele nun zu den Sombras gehört, fühlt es sich für sie nicht so an.

Sie mag das Leben hier, sie mag die Leute, das Center, das, was sie dort tun. Sie liebt es, Petro dabei zuzusehen, wie er jeden Tag mehr ein Teil dieser Welt wird und durch Roman muss sie zugeben, dass sie sich auch immer mehr wie ein Teil von alledem gefühlt hat.

Doch nun ist sie zurück und Roman hat ihr nicht nur gesagt, dass er nicht bereit ist, herauszufinden, was zwischen ihnen beiden ist, er zeigt es ihr auch deutlich, indem er ihr aus dem Weg geht.

Sie fühlt sich wie ein Außenseiter, der für eine kurze Weile all das betrachten darf, und als Lilly das passiert ist, hat sie fasziniert bemerkt, wie tief dieser Zusammenhalt hier ist.

Von einem Tag auf den anderen waren alle da, sie waren für Lilly und Santos da, egal was sonst noch passiert ist, sie alle haben sich große Sorgen gemacht. Das ist es wahrscheinlich, was man Familie oder Familia nennt.

Es ist schön, das zu sehen, doch gleichzeitig zeigt es Emilia auch, wie allein sie dasteht.

Sie hat das Leben auf der Insel nie gemocht, doch sie musste damit leben und sich damit zurechtfinden. Das hat sie, rückblickend vermisst sie es sogar manchmal. Es war so einfach. Es gab nicht viel, sie hatten immer den gleichen Ablauf und sie brauchten sich mit so etwas wie falschen Gefühlen nicht zu befassen.

Besonders wenn sie an Roman denkt, vermisst sie ihr freies Herz, was sie noch auf der Insel hatte.

Er hat sie überrascht, als er sie auf den Treppen der Kirche, die sie jetzt gerade hinab läuft, aufgehalten und gebeten hat nicht zu gehen, um herauszufinden, was da zwischen ihnen passiert.

Auch Emilia hat das gespürt, es hat sie verwirrt. Sie kennt diese Gefühle nicht und weiß nicht, wohin all das führen soll, doch sie hat die Tage, während sie nicht da war, genutzt, um genau darüber nachzudenken. Vielleicht war das auch der Grund, warum sie immer länger geblieben ist.

Doch das Gegenteil ist eingetreten: Statt mit allem besser umgehen zu können, hat Roman immer mehr ihre Gedanken beherrscht. Jeder Mann in ihren Büchern ist zu Roman geworden und sie wusste, dass sie zurückkommen und all dem wirklich eine Chance geben muss, so wie er es von Anfang an wollte.

Doch ja, offenbar war es zu spät, denn nun hat er all das schon beendet, bevor es überhaupt die Chance hatte zu wachsen.

Es fällt ihr schwer, weiter in der Cuidad zu sein und sie meidet sie, so oft es geht.

»Sofia?«

Emilia wollte sich am Hafen Burritos holen, doch sie läuft direkt auf Sofia und ihre Schwester Suela zu.

Sie hat ihr so oft geschrieben und immer hat sie nur kurz geantwortet, dass sie gerade keine Zeit hat, dass sie Zeit braucht, und auch jetzt lächelt Suela, doch Sofia scheint weniger begeistert zu sein, ihr hier zu begegnen.

»Hey Emilia, wie geht's? Hast du wirklich das Tuch abgelegt? Es ist besser so, du solltest deine Schönheit nicht verstecken.«

Emilia spürt, dass sie wieder rot wird. Natürlich war es klar, dass alle bemerken, dass sie das Tuch abgelegt hat, doch ihr war nicht bewusst, dass auch jeder sie darauf ansprechen wird.

»Ich hatte dir vor einigen Tagen geschrieben, dass ich zurück bin und gefragt, wann wir uns sehen können ...« Suela lächelt sanft und sagt, dass sie schon mal vorgeht, was Sofia genervt zu Emilia sehen lässt.

»Hör zu, ich will dich wirklich nicht verletzen, Emy, doch du siehst ja, dass ich mir gerade etwas Neues aufbaue. Ich habe jetzt meine Familie und Petro und du ... ihr erinnert mich an das, was ich endlich los bin. Ich sage ja gar nicht, dass wir nie wieder miteinander sprechen sollten, doch ich brauche einfach noch Zeit, verstehst du das?«

Wie auch schon bei Roman muss Emilia fest schlucken, um keine Tränen zu verlieren.

Sie zwingt sich zu lächeln und nickt.

»Doch, doch natürlich, ich verstehe das. Ich freue mich wirklich, dass du deine Familie gefunden hast, nur ... ich vermisse dich.«

Sie sind zusammen aufgewachsen, sie hatten nur sich. Sofias Blick wird weicher. »Es tut mir leid, Emy, ich kann noch nicht. Ich versuche, all das einfach nur zu vergessen.«

Emilia nickt. »Ich habe es verstanden und ich wünsche dir und deiner Schwester alles Glück der Welt. Es freut mich, dass du glücklich bist, Sofia, mach es gut und pass auf dich auf.«

Emilia hat es geschafft, die Fassung zu wahren, auch wenn es sie erneut tief trifft.

Sie dreht sich nicht noch einmal um, mit schnellen Schritten geht sie zu den Schiffen und atmet erst am Wasser wieder richtig durch.

Sie mag es hier, sie fühlt sich wohl, doch keiner möchte sie wirklich hier haben oder kann etwas mit ihr anfangen. Selbst bei Petro sieht sie immer das schlechte Gewissen, wenn er unterwegs war und sie zu Hause geblieben ist, auch ihn schränkt sie ein. Er ist nicht für sie verantwortlich, sie allein ist das.

Als sie in dem Kinderdorf mitgeholfen hat, hatte sie wenigstens das Gefühl, gebraucht zu werden und dass sie etwas bewegen kann.

Emilia verschränkt die Arme vor der Brust, ihr wird kalt und sie weiß, dass diese Art von Kälte nicht so einfach wieder verschwindet. Sie muss entscheiden, was sie tun möchte und wohin ihr Weg sie führt.

Sie weiß, dass ihr Weg hier bei den Cinco Sombras zu Ende ist.

Kapitel 11

»Das kann nur Paz sein.«

Vidal umfasst Belindas Bauch und streicht liebevoll über die Stelle, an der er gerade seinen Sohn gespürt hat. Er vermutet, dass er der Wildere ist und ständig aktiv, während Vida sanfter und ruhiger zu sein scheint.

Er kann es nicht erwarten, die beiden endlich zu sehen.

Belinda ist noch verschlafen, sie ist schon seit drei Tagen bei ihm und so langsam gewöhnen sich alle daran. Lilly ist aus dem Krankenhaus entlassen worden. Sie war die ganze Zeit dort an ihrer Seite, doch am Abend hat Vidal an der Grenze auf sie gewartet.

Ponce hat ihn dort gesehen, auch wenn er der Jüngste der Brüder ist, hat er gehalten, ist zu ihm gekommen, hat ihm die Hand gereicht und kurz mit Vidal gesprochen.

Sie wissen, dass keiner von ihnen das gern macht, doch sie alle müssen aus Liebe zu Belinda und den Kleinen über ihren Schatten springen.

Seine Eltern waren noch einen Tag hier, auch da hat er Belinda zu sich geholt und sie haben zusammen gegessen. Es war nicht so schlimm, wie er es sich vorgestellt hatte, doch es war kein entspanntes Zusammensein.

Vidal kennt seine Eltern, er weiß, wie sie sein können, und es ist ihm sehr schwergefallen, in diesen Stunden mit Belinda nichts zu sagen, doch er weiß, wie viel ihr das bedeutet hat.

Sie hat ihrem Vater erst später davon erzählt, aus Angst, er würde sie nicht zu dem Essen gehen lassen, was er wahrscheinlich auch nicht getan hätte, doch als es vorbei war, war eine kleine Kluft überwunden, die sehr wichtig war, für alles, was kommen wird.

Seine Mutter ist danach mit ihnen zum Arzt gefahren und von da an hat zumindest sie sich auf die Babys zu freuen begonnen. Vidal wusste, dass seine Mutter den beiden nicht widerstehen kann, auch wenn sie noch im Bauch sind, kann man schon viel von ihnen während des

Ultraschalls erkennen und beide haben gerade eng beieinander geschlafen.

Am nächsten Morgen sind seine Eltern zu einer Hochzeit zu Bekannten gefahren.

Vidal und Elian bleiben hier, es ist momentan zu viel los. Doch seine Mutter hat Belinda eine Spezialität der Familie gekocht, welche besonders gut für schwangere Frauen ist, da es alle wichtigen Vitamine enthält.

Vidal hört bei solchen Themen nur halb zu, doch Belinda hat sich gefreut und alles aufgegessen, nun ist sie wirklich völlig entspannt hier in ihrer Cuidad.

Sie bewegt sich frei umher und ist mal bei ihnen mal bei ihrer Familie, genau wie Vidal es sich gewünscht hat. Doch wenn er wie jetzt aufwacht, liegt sie bei ihm. Er kann sie nachts in seinen Armen halten und liebt es, sie auf der Couch eingeschlafen zu sehen, wenn er nach Hause kommt.

Gestern sind sie sich auch das erste Mal wieder richtig nahe gekommen.

Es ist anders, sie haben ein wenig Zeit gebraucht, um es zu schaffen, dass beide sich gut dabei fühlen, doch es hat ihnen gefehlt, sich wieder richtig zu spüren.

Es hat lange gedauert, bis sein Vater so weit war, Belinda zu treffen und Vidal lässt ihm nun auch die Zeit mit den Treffen der Familias, doch alle Beteiligten wissen jetzt, dass es das geben wird und dass sie sich die Hand reichen müssen.

Fürs Erste ist Vidal zufrieden. Belinda ist bei ihm und alles ist momentan friedlich, mittlerweile weiß er die kleinen Dinge mehr zu schätzen.

»Ich kann meine Augen noch nicht öffnen.«

Belinda lächelt und Vidal küsst ihre Wange.

»Das musst du auch gar nicht, fühlst du das?« Vidals Hände wandern und sie lacht auf. »Oh … okay, ja. Ich kann mich kaum bewegen und das schon jetzt, in einigen Wochen kugele ich nur noch herum und du wirst mich nicht einmal mehr ansehen können.«

Vidal lacht auf und seine Hände schlüpfen unter ihre Shorts.

Sie hat keine Ahnung, wie hübsch sie ist, auch jetzt, gerade jetzt.

Ihre Haare glänzen, ihre Augen strahlen, sie sieht aus wie immer, nur mit einem großen Bauch, ihre Brüste sind riesig geworden und am allerschönsten ist dieses zufriedene Lächeln, was sie auf den Lippen trägt.

»Ich liebe dich über alles, da kann kommen was will, das ändert nichts und ich denke, du spürst, dass ich dich noch sehr sehr sexy finde. Aber ich bin dankbar, dass du mittlerweile nur noch die normalen Sorgen einer schwangeren Frau hast.«

Belinda lacht auf und legt ihre Arme um seine Schultern, bevor sie ihre Augen doch öffnet und in seine blickt.

»Ich bin sehr glücklich.«

Das ist alles, was für Vidal zählt.

»Hier habe ich neue Kissen für die Leseecke, die sind bei den Wachen abgegeben worden statt hier.«

Alena und ihr Hund betreten das Center und kommen zu ihr in den Küchenbereich. Alina geht gerade alles durch, gleich kommen die ersten Kinder und die Essen sind alle fertig geworden.

»Oh danke, ich habe schon darauf gewartet.« Sie nimmt den Karton entgegen und lächelt.

Alena blüht jeden Tag mehr auf. Sie beide verbindet eigentlich so viel und doch oder gerade deswegen gehen sie sich aus dem Weg. Zumindest haben sie nicht so viel miteinander zu tun wie sie und die anderen Frauen hier.

»Wie geht es Lilly? Ich wollte nachher zu ihr rübergehen. Gestern sah sie ja schon wieder viel besser aus.« Sie mag Lilly und war nicht nur im Krankenhaus bei ihr, sondern hat sie auch gleich zuhause besucht. Wegen der heftigen Reaktion ihres Körpers auf die Drogen, von denen bis jetzt noch niemand weiß, was da alles zusammenge-mischt war, musste sie einige Tage zur Beobachtung dortbleiben.

Sie hat Alina erzählt, dass sie sich kaum noch an alles erinnern kann und man hat ihr angemerkt, wie unangenehm ihr all das war. Sie hat immer wieder versichert, dass sie nicht einmal rauchen würde und in Zukunft nie wieder solch eine Dummheit macht.

Jetzt muss sie sich ausruhen und Santos behält sie immer im Blick. Es ist schön zu sehen, wie sehr er sie liebt und auch, wie nah es ihm gegangen ist, sie fast verloren zu haben.

Als Lilly und Alina einmal zusammen einen Vorratsraum hier im Center eingerichtet haben, hat sie ihr die Geschichte zwischen Santos und ihr erzählt. Es ist wunderschön zu wissen, dass es noch so etwas Echtes gibt. Auch das, was da gerade zwischen Belinda und Vidal passiert, fasziniert sie. Manchmal fragt sie sich, ob sie auch jemals so etwas Tiefes erleben wird, doch dann wird ihr schnell wieder bewusst, dass sie wahrscheinlich gar nicht mehr in der Lage ist, so etwas aufzu-bauen.

Sie versucht es ja herauszufinden, es ist nicht so, als wollte Alina das alles nicht. Wieder normal sein und fähig, jemanden an sich heranzu-lassen. Sie dachte, sie könnte das allein hinbekommen, doch das mit Ponce hat ihr gezeigt, dass es doch der falsche Weg ist und seine Worte haben sie aufhorchen lassen.

Vielleicht hat sie das mit ihm falsch eingeschätzt, seit er zurück ist, macht all das, was sie sich vorher eingeredet hat, keinen Sinn mehr, doch wahrscheinlich ist genau das das Problem. Sie analysiert alles und redet sich Lösungswege ein, möglicherweise ist es wirklich an der Zeit, über ihren Schatten zu springen.

»Ja, ihr geht es besser, Gott sei Dank. Santos hat die Hochzeit vor-gezogen, sie findet in zwei Wochen statt. Nun haben alle die Hände voll zu tun, das alles so schnell hinzubekommen. Santos möchte nicht mehr warten, die Geschehnisse haben ihm gezeigt, dass man im Jetzt leben muss. Manchmal ändern Sekunden alles und man sollte den Augenblick genießen und nicht alles auf später verschieben.

Lilly freut sich, sie hatten eh keine große Hochzeit geplant, es soll alles hier stattfinden, hier, wo sie zusammen aufgewachsen sind und alles begonnen hat. Hast du Lust, am Wochenende mit Belinda, Lilly und mir nach Sansa zu fahren? Dort gibt es eine ganze Mall für Brautmode und alles, was zu Hochzeiten dazugehört. Das wird richtig schön, ich frage Emilia auch noch ...«

Alina nickt. »Ja, gerne. Ich wollte dich eh noch fragen, also ... Ponce hat mir einmal gesagt, dass ich diese Therapeuten, die du besuchst, dass, also wenn ich es mal ausprobieren wollte ...«

Alena sieht sie an.

Sie hat wunderschöne grüne Augen, sie ist ohnehin eine atemberaubende Frau, doch es hat sich etwas geändert, sie sieht einem jetzt wieder richtig in die Augen und man erkennt, dass Benjamin es nicht geschafft hat, er hat sie nicht gebrochen.

»Natürlich, das freut mich, dass du dich dazu entschlossen hast. Ich fahre nachher noch hin, soll ich dich mitnehmen? Es sind genug Mitarbeiter hier und du kannst mal mit den Ärzten dort sprechen, einfach mal gucken, wie es sich für dich anfühlt.«

Sie nickt dankbar. »Ich denke, das wäre gut. Ich erwarte keine Wunder, ich möchte nur, dass es ... dass Benjamin auch für mich tot ist.« Es fühlt sich merkwürdig an, darüber zu sprechen, doch wenn sie es nicht mit Alena tun kann, mit wem sonst?

Sie beide wurden von ihm gefangengehalten.

»Ich weiß, was du meinst. Ich habe seine Leiche gesehen, doch ich kann trotzdem nicht aufhören zu denken, dass er mich vielleicht eines Tages wieder bekommt. Mein Therapeut sagt, dass auch das seine Zeit dauert. Doch wir werden es schaffen, darüber hinwegzukommen. Sieh uns an, wir stehen hier, können wieder lachen, es ist noch nicht perfekt, doch es fühlt sich gut an, das ist doch schon mal etwas.«

Alina lächelt und ist froh, dass sie sich getraut hat, Alena deswegen anzusprechen. »Ja, da hast du recht. Es ist gut, ich habe nicht damit gerechnet, dass es jemals wieder gut wird.«

»Komm schon, das ist doch nicht dein Ernst? Das machst du nur, um dich an den Männern zu rächen, wegen der Besprechung letztens.«

Vidal muss lachen, als ihr Vater um jeden Cent mit den neuen Kunden handelt und sie alle hier in den Wahnsinn treibt.

»Ich kann noch immer die besten Deals herausholen, das werdet ihr ...« Vidals Handy klingelt und er nimmt kopfschüttelnd an.

Er hat gar nicht darauf geachtet, wer anruft und ist überrascht, als er Alejandros Stimme hört. Sie haben eine Zeit lang, als sie zusammen arbeiten mussten, öfter miteinander gesprochen, in letzter Zeit aber weniger, doch er erkennt Belindas Bruder sofort. Es ist schon spät und Vidal bekommt ein ungutes Bauchgefühl. Vielleicht ist etwas mit Belinda und den Babys, doch Alejandro hört sich dafür zu gelassen an.

»Ihr solltet vielleicht mal nach euren Lagerhallen sehen, hier passieren interessante Dinge.«

Elian, der neben ihm sitzt und belustigt ihren Vater betrachtet, hat wohl etwas mitbekommen und sieht Vidal verwundert an.

»Kannst du genauer werden? Was ist los? Bist du bei unseren Lagerräumen?« Nun sehen alle Männer zu ihnen.

»Nicht nur ich, das ist ja das Problem.« Vidal flucht auf, beendet das Gespräch und steht auf.

»Wir müssen zu den Lagerräumen, irgendetwas ist da los.« Alle stehen auf und folgen ihn nach draußen, auch sein Vater.

»Wer war das am Handy?« Vidal öffnet die Autotür.

»Alejandro.« Sein Vater hält ein.

»Seit wann hören wir auf die Sombras?«

Vidal weiß es nicht. »Wir hören nicht auf sie, wir sehen nur nach, was da los ist.«

Er kann sich nicht erklären, was Alejandro will. Kaum einer kennt ihre Lagerhallen, sie sind sehr abgelegen und da sie gerade erst Ware bekommen haben, liegen dort viele tausend Dollar drin, weswegen sie zur Zeit auch bewacht sind, was die nächste Frage aufwirft: Wieso ruft Alejandro und nicht die Wachen ihn an, wenn wirklich etwas ist?

Er wird es selbst herausfinden.

Da sie nicht weit weg vom Hafen waren, sind sie schon nach wenigen Minuten an den Hallen und Vidal muss zweimal hinsehen, was sie bei ihren Lagerräumen für ein Bild erwartet.

Alejandro steht mit gezückter Waffe vor einigen Männern, die ihre Pakete und Kisten bei sich stehen haben. Nicht nur er ist da, neben ihm stehen Ponce, Roman und Petro und noch zwei andere Männer der Sombras.

Vidal steigt aus und geht zu ihm, und erst da bemerkt er, wer die Männer mit ihren Waren sind. Es sind die Männer der Bredan-Brüder, der große Deal, den ihr Vater eingefädelt hat.

»Was soll das hier?« Vidal spürt seinen Vater und Elian hinter sich.

Alejandro deutet auf die Männer und steckt seine Waffe weg, offenbar hat er so nur die Männer im Schach gehalten.

»Ich sagte doch, dass wir denen nicht trauen. Wir haben hier unsere Spione, die überprüfen, falls merkwürdige Dinge am Hafen vor sich gehen und einer von ihnen hat gemeldet, dass er die Männer hier gesehen hat. Ich habe sofort gewusst, dass etwas nicht stimmt und habe ihm gesagt, er soll die Männer unauffällig verfolgen und ja … ich habe sie dann erwischt, wie sie eure Lager ausgeräumt haben. Einige Kisten sind schon auf deren Schiffen.«

Vidal sieht die Männer der Bredan-Brüder mit vernichtendem Blick an. Also hatte Alejandro doch recht und sie hätten ihnen nie trauen dürfen.

»Was ist mit unseren Wachen?« Belindas Bruder zuckt die Schultern. »Ich habe keine gesehen, wir müssen los.«

Nun sieht doch einer von den Bredan-Männern hoch.

»Was soll das überhaupt. Wieso arbeitet ihr zusammen? Die Puentes und die Sombras?«

Vidal sieht einen Moment zu Alejandro, der sich abwendet, er hätte das nicht tun müssen. Er weiß nicht einmal, ob er das für die Sombras getan hätte. Sie haben dank ihm einige tausend Dollar behalten.

»Das hat nichts mit den Sombras und Puentes zu tun, ich habe nur verhindert, dass … der Vater meiner Neffen reingelegt wird.«

Einen Moment ist es ganz ruhig, das müssen erst einmal alle verdauen, wahrscheinlich selbst Alejandro.

»Aber das ...« Vidal schlägt dem Mann der Bredans ins Gesicht und unterbricht die Stille damit.

»Wo sind unsere Männer? Du solltest lieber ruhig sein.« Seine Männer setzen sich in Bewegung, doch die Stimme seines Vaters lässt dann doch noch einmal alle einhalten.

»Alejandro.«

Vidal weiß nicht mal, ob sein Vater je direkt mit Alejandro gesprochen hat.

»Es gab Zeiten, da hättet ihr den Bredan-Brüdern geholfen, die Kisten wegzutragen.«

Alejandro nickt. »Zeiten ändern sich.«

Er will in sein Auto steigen, doch Vidals Vater räuspert sich noch einmal.

»Das tun sie offenbar. Sag deinem Vater, dass wir uns treffen müssen, um über die Familias zu sprechen.«

Alejandro sieht Vidal noch einmal in die Augen und nickt.

Es wird Zeit, über die Familias zu sprechen.

»Letzter Aufruf nach San Juan!« April eilt zum Flugzeug.

Sie hat gestern beschlossen, Alejandro und Belinda zu überraschen, deswegen hat sie auch einen Linienflug genommen. Es war sehr spontan, ihre Aushilfe hat Zeit und die Sehnsucht nach Alejandro wird immer stärker.

Seit ihrer kleinen Auszeit schreiben sie ständig und telefonieren auch, doch April möchte ihn wiedersehen. Außerdem vermisst sie Belinda. Es ist nervig, so lange zu fliegen für nur wenige Tage, doch es lohnt sich, wenn sie dann bei den Menschen ist, die sie liebt.

Alejandro und sie haben nicht mehr darüber gesprochen, was nun aus ihnen werden soll. April ist einfach nur froh, dass er aufgehört hat, sie von sich zu stoßen, sie will ihn jetzt nicht überfordern und genießt es so, wie es gerade ist.

»Ihre Tickets.«

April gibt alles ab, da klingelt ihr Handy.

Sie nimmt an, während die Stewardess sie genervt ansieht. Es ist ihre Aushilfe.

»Die Frau aus dem Blumenladen gegenüber war gerade hier. Bei ihnen ist eingebrochen worden, zwei Geschäfte weiter haben sie am helllichten Tag die Kasse ausgeräumt. Sie sagt, es kommen Polizisten vorbei, die alle aufklären und warnen, sich besser zu schützen. Soll ich irgendeine Sicherungsvorkehrung treffen?«

April muss weiter. In der letzten Zeit wurden bei ihnen in der Gegend immer wieder Geschäfte überfallen oder es wurde nachts eingebrochen. Sie muss sich darum kümmern.

»Nein, wenn ich zurück bin, kümmere ich mich darum. Ich muss in den Flieger, pass auf dich auf. Ich melde mich später.«

Sie atmet tief ein, als sie das Gespräch beendet und schnell in den Flieger steigt, um all das hinter sich zu lassen und einigen schönen Tagen entgegenzusehen.

Kapitel 12

»Du strahlst so sehr, dass man da gar kein Make-up mehr braucht.«

Belinda sieht ihrer besten Freundin in die glänzenden Augen. Sie hat Aprils Haare geglättet und sie haben sich beide geschminkt. Sie sieht einfach nur glücklich und wunderschön aus, auch Belinda hat schon einige Komplimente heute bekommen, besonders von Vidal, der sie gar nicht mehr aus den Armen lassen wollte, als sie morgens ihr Haus verlassen hat.

Ihr Haus, ja das kann man mittlerweile schon so sagen.

Belinda ist auch noch täglich bei ihrem Vater und ihren Brüdern, doch sie verbringt die meiste Zeit mit Vidal. Sie haben überhaupt noch nie so viel Zeit miteinander verbracht, da sie sich ja kaum richtig frei bewegen konnten, was nun anders ist.

Er muss zwar viel tun, doch er ist auch viel mit ihr zusammen. Gestern haben sie alles, was sie noch für Vida und Paz brauchen, besorgt und noch einige neue Möbel gekauft. Sie beide sorgen dafür, dass das ihr gemeinsames Zuhause wird.

Sie ist glücklich, dass seine Eltern nun normal mit ihr umgehen. Die Mutter besucht sie hin und wieder und schreibt ihr, der Vater ist noch auf Abstand, doch er akzeptiert nun wenigstens, dass es sie gibt.

Dazu hat auch die Hilfe von Alejandro beigetragen, er hat verhindert, dass die Puentes einen großen Geldverlust erlitten haben. Nun steht auch ein Treffen der Familias in einer Woche, sie wollten den Tag heute abwarten.

Belinda versucht, Vidal die ganze Zeit zu überreden, dass sie an dem Treffen teilhaben kann, doch keiner möchte das, sie alle wollen, dass sie sich so wenig wie nur möglich aufregt.

Seit einigen Tagen fällt es Belinda nicht mehr so leicht, Auto zu fahren. Ihr Bauch wird größer und sie kommt schnell außer Atem, es wird immer umständlicher, am Steuer zu sitzen und deswegen fahren sie jetzt alle hin und her, was ihr sehr unangenehm ist, doch niemandem etwas auszumachen scheint.

Dabei ist heute auch ein Schritt gemacht worden, der eher nebenbei passiert ist und Belinda weiß nicht, ob die Männer überhaupt wissen, wie groß dieser ist.

Vidal hat sie heute Morgen in die Cuidad gefahren.

Das erste Mal seit sie nicht mehr Auto fahren kann. Er hat kurz gezögert, als er an die Grenzen zum Sombras-Gebiet gekommen ist. Die Wachen haben in sein Auto gesehen und nur kurz genickt und Vidal ist einfach weitergefahren.

Es war sicherlich nicht abgesprochen, doch was sollen sie jetzt tun? Belinda jedes Mal bei den Wachleuten lassen? Das wird auf Dauer nicht gehen und sie müssen irgendwann diese Hürde überwinden. Sicherlich nicht, wenn Vidal mit seinen Männern im Auto sitzt, doch er wird im Gebiet der Sombras sein müssen. Belinda möchte, dass er jederzeit ihre Kinder hier abholen oder herbringen kann, oder auch ihre Brüder sie besuchen können.

Alejandro, Vidal und alle anderen wissen das, aber auch wenn es keinem gefällt, merken sogar sie, dass es auf Dauer gar nicht anders gehen wird.

Ohne Probleme oder angehalten zu werden, fährt Vidal zu dem Haus ihres Vaters. Sie verabschieden sich, Vidal dreht um und fährt zurück. So einfach und doch noch vor wenigen Wochen undenkbar.

Die gesamte Cuidad ist geschmückt. Es ist alles wie in einem weißen Märchentraum gehalten. Belinda hat sich schon bei Vidal zurechtgemacht. Sie trägt ein korallfarbenes knielanges Kleid, was ihren Babybauch besonders hervorhebt und ihn mit einer zarten Schleife unterstreicht.

Das Kleid hat einen tiefen Rückenausschnitt und Belinda weiß, dass wenn man sie von hinten sieht, niemand denkt, sie wäre schwanger.

Wegen der Hitze hat sie sich ihre Haare hochgesteckt, sie ist direkt zu April und Alejandro gegangen. Ihre beste Freundin hat sie vor einigen Tagen schon überrascht und war vier Tage bei ihnen und ist nun gestern für zwei Tage, besonders natürlich für den heutigen Tag, zurückgekehrt. Belinda weiß, wie anstrengend das Hin- und Herfliegen ist, doch ihre beste Freundin ist glücklich.

Alejandro liebt April, darin besteht kein Zweifel, doch er wollte keine Beziehung. Belinda weiß nicht, ob sich das komplett geändert hat, aber er hat aufgehört, April von sich zu stoßen und genießt es, sie um sich herum zu haben.

All das, was hier gerade passiert, macht auch Belinda glücklich und sie genießt die nächsten Stunden, bis sie jetzt in der Kirche noch einmal Hand an Aprils Outfit gelegt hat.

»Ich denke, dafür dass wir beide so viele Zweifel an Puerto Rico und all den Leuten hier hatten, sind wir nun doch sehr glücklich.«

Belinda lächelt und gibt April einen Kuss. »Lass uns hoffen, dass das auch so bleibt.«

»Ohhh, mein Gott.« Sie gehen schnell ins Nebenzimmer, wo sich Alicia, Alena, Emilia und Alina um Lilly herum versammelt haben, die sich im Spiegel betrachtet.

»Santos wird umfallen, wenn er dich so sieht.«

Belinda treten Tränen in die Augen, als sie auf die wunderschöne Braut blickt.

Lillys Haare sind gelockt und die obere Partie locker mit weißen Blumen nach hinten gesteckt. Ein langer Schleier mit edler Spitze ist daran festgesteckt und breitet sich lang über den dunklen Holzboden der Kirche aus.

Ihr Kleid ist enganliegend und ihr auf den Körper geschneidert.

Sie sieht aus wie ein Engel, ihre leicht gebräunte Haut hebt ihre blauen Augen hervor, die blonden Locken, sie ist einfach zu schön, um wahr zu sein, und Belinda kann nicht erwarten, Santos' Gesicht zu sehen, wenn er seinen Engel so sieht.

Lilly kämpft mit den Tränen, sie hat sich während der letzten zwei Wochen erholt und es geht ihr mittlerweile viel besser. Sie war auch schon einige Male in der Uni, musste aber allen versprechen, nie wieder solch eine Dummheit zu machen.

Sie alle umarmen sie und dann müssen sie auch schon vor die Haupttür, da die Trauung beginnt. Alejandro, Roman, Ponce und ihr Vater warten vor der Tür, auch sie sind ganz verzaubert, als sie Lilly, die sie alle von klein auf kennen, so sehen.

Lilly hat niemanden mehr.

Sie sind jetzt ihre Familie.

Deswegen betritt als Allererste Belinda an Alejandros Arm die Kirche, gefolgt von Ponce, dessen Arm Alena hält, dahinter kommen Roman und seine Mutter und dahinter Alina, Emilia und April, die auch alle Brautjungfern sind.

Belinda stellt sich Santos gegenüber, der sehr gut in seinem schwarzen Anzug aussieht. Man sieht ihm an, dass er diesen Tag nicht erwarten konnte und dass er keinerlei Zweifel hat, hier das Richtige zu tun und die Liebe seines Lebens zu heiraten.

Dann wird die Melodie eines alten spanischen Liebesliedes gespielt. Lilly hat Belinda verraten, dass sie Santos zu dem Lied das erste Mal geküsst hat.

Die gesamte Familia ist in der Kirche versammelt und alle halten ein in dem Moment, in dem als Letztes und mit langsamen, bedachten Schritten ihr Vater Lilly in die Kirche führt.

Er war auch immer wie ein Vater für sie und Belinda kämpft schon jetzt das erste Mal mit den Tränen.

Auch Santos ist gerührt, als er Lilly bei sich hat und ihre Stirn küsst, bevor sie sich an den Priester wenden, der erst anfängt, über die Liebe zu sprechen und dann einhält und sagt, dass er die Liebe gar nicht so gut beschreiben kann, wie Bilder es manchmal können.

Plötzlich wird es dunkel und ein helles Bild wird an die Wand vor Santos und Lilly projiziert.

Es wussten offenbar nicht viele von der Überraschung und als dann die ersten Bilder und Videos gezeigt werden zu diesem wunderschönen spanischen Liebeslied, was leise im Hintergrund läuft, kann Belinda nicht mehr an sich halten und die Tränen rollen ihr die Wange herunter.

Es werden Bilder von Lilly und Santos gezeigt, die auch Belinda nicht kennt. Sie waren noch so jung, auf einem ist Lilly angezogen wie eine feine Prinzessin und Santos steht stolz mit zerrissener Hose und aufgeplatzter Wunde an der Stirn neben ihr und hat den Arm um sie gelegt. Alle in der Kirche lachen leise auf, es sind einige süße Bilder aber auch Videoausschnitte, und das ist so besonders.

Sie alle werden in die Vergangenheit geführt. Auf einem Video sieht man Santos und Lillys Mutter zusammen am Strand, wie sie schmunzelnd zu Lilly und Santos zeigen, die am Meer sitzen und sich den Sonnenuntergang ansehen. Bei den Aufnahmen sind alle leise und Lilly wischt sich einige Tränen weg.

In einer Aufnahme sieht man, wie Santos wütend nach Hause kommt, er hat mehrere Schrammen im Gesicht und ist vielleicht vierzehn Jahre alt. Ihr Vater steht vor ihm und sieht ihn streng an. »Wie oft habe ich gesagt, du sollst dich in der Schule zusammennehmen, Santos?« Santos hingegen blickt genauso wütend zu seinem Vater und bei diesem Anblick muss vor allem Alejandro lachen, als hätte er all das noch bildlich vor sich. »Da hat jemand Lilly angefasst. Solange ich lebe, wird ihr niemals etwas passieren, Papa, tut mir leid. Das ist wichtiger.«

Die Frauen seufzen leise auf, wie süß diese Überraschung zusammengeschnitten wurde. Es sind Aufnahmen der Brüder mit Lilly, man sieht, wie sie zusammen erwachsen werden, und als die letzten Bilder gezeigt werden, die vor einigen Wochen aufgenommen wurden, verstummt das Lied langsam und das Licht geht wieder an.

Der Priester räuspert sich, auch sichtlich gerührt von diesem kleinen Zusammenschnitt. »Das ist Liebe.«

Kein Gemurmel, nichts. Niemand würde jemals daran zweifeln.

»Gott hat euch mit etwas ganz Besonderem belohnt und wir werden das jetzt vor euren Familien und vor Gott segnen, auf dass euch nie wieder etwas trennen kann.«

Belinda wischt sich auch die Tränen weg und lächelt. Das kann niemand mehr trennen, sie freut sich von ganzem Herzen für die beiden.

»Kannst du dich noch an diese Aktion mit den Peruanern erinnern? Damals, wo die Lagerhalle in die Luft gegangen ist?«

Roman entlässt Santos aus seinen Armen, der verwirrt den Kopf schüttelt. »Du meinst, als wir den Ärger unseres Lebens bekommen haben und jeder mindestens einen Knochenbruch?«

Roman nickt. »Genau, wir hatten wir alle Angst vor deinem Vater, während du dir nur Sorgen wegen Lilly gemacht hast, weil du nicht zu eurer Verabredung gekommen bist, was habe ich dir damals gesagt?«

Santos lacht und auch Ponce neben ihm muss lachen. »Ich habe dir gesagt, du wirst sie heiraten und du wolltest es nicht glauben, und nun sieh uns an, wo wir heute stehen.«

Alejandro kommt und umarmt Santos noch einmal, bevor sie aus der Kirche gehen. »Du warst schon immer wahnsinnig, Roman. Komm, lass uns in die Cuidad fahren.«

Er sieht noch einmal in die Kirche, vor der Petro steht. »Fahr schon, ich komme gleich nach.«

Er geht zu seinem Bruder und sieht auch in die Kirche hinein, wo Emilia noch mit dem Priester zusammensteht und redet.

Sie sind sich in den letzten Tagen aus dem Weg gegangen. Beide. Es ist besser so, eigentlich weiß Roman das auch, doch es fühlt sich nicht gut an. Petro hat ihm gestern gesagt, dass er sich Sorgen um Emilia macht, er spürt, dass es ihr nicht gut geht und nun muss auch Roman ständig darüber nachdenken, ob er doch hätte anders reagieren sollen.

»Ich mach das, fahr mit Ponce mit.« Er wendet sich zu Petro um.

»Bist du sicher? Ich habe das Gefühl, ihr beide seid gerade nicht so gut aufeinander zu sprechen.«

Roman sieht wieder zu Emilia. »Deswegen ja, ich möchte das mit ihr klären. Wir kommen gleich.« Er spürt Petros Blick auf sich, doch dann geht sein Bruder und lässt ihn allein zurück.

Es vergehen einige Minuten, bevor Emilia sich umdreht und ihn entdeckt, das Gespräch beendet und zu ihm vor die Kirche kommt. Mittlerweile sind sie alleine hier.

»Wo ist Petro?«

Roman räuspert sich, Emilia sieht wunderschön aus, immer, aber heute ganz besonders. Sie trägt ein hellblaues Kleid, das ihr bis zu den Knöcheln geht, man erkennt kaum Kurven, doch es steht ihr trotzdem so gut, dass Roman während der Zeremonie immer wieder zu ihr blicken musste.

Die Farbe unterstreicht ihre Blässe und die hellen Haare hat sie wie immer streng nach hinten gebunden, sie trägt weiße Perlenohrringe und wieder keinerlei Make-up, trotzdem funkeln ihre großen braunen Mandelaugen nur so aus ihrem Gesicht.

»Ich habe ihn gebeten vorzufahren. Ich wollte noch einmal mit dir sprechen.«

Emilia sieht ihm in die Augen und wendet dann ihren Blick ab.

»Ich dachte, du hast schon alles gesagt, was es zu sagen gibt. Du scheinst dir ja in der Zeit, in der ich weg war, genug Gedanken über uns – sofern man da überhaupt schon uns sagen kann – gemacht und dich entschieden zu haben.«

Sie geht die Treppen der Kirche hinab, Roman folgt ihr.

»Das habe ich tatsächlich, Emilia. Ich war enttäuscht, dass du nicht wiedergekommen bist, doch je mehr ich darüber nachgedacht habe, umso mehr habe ich es verstanden und eingesehen, dass es richtig so ist. Ich meine, ich bin einfach kein Mann für eine Beziehung.«

Emilia dreht sich zu ihm um.

»Roman, bitte, wenn du nicht möchtest, ist das völlig in Ordnung. Ich bin es langsam gewohnt, dass man mich von sich stößt, doch komme mir nicht mit so etwas. Du bist kein Mann für so was? Du bist ein Mann und es liegt in deiner Hand, was für einer, dafür muss man doch nicht geboren werden. Das ist doch keine Charaktereigen-schaft, die einem angeboren wird, es ist eine Einstellung, die man hat und für die man sich bewusst entscheidet.«

Sie bleibt vor seinem Auto stehen und sieht ihm wieder in die Augen, und Romans Herz führt einen inneren Kampf gegen seinen Verstand. Er wird einfach ganz ehrlich zu ihr sein.

»Ich möchte dich nicht verletzen.«

Sie ist so rein und gut, viel zu gut für ihn.

»Das hast du schon längst.«

»Das tut mir leid, wie gesagt, das wollte ich niemals. Doch wenn ich mich anders entscheide, also wenn ich tue, was ich gerne würde, könnte es sein, dass ich dir noch viel mehr wehtue, als ich es vielleicht jetzt schon getan habe.«

Emilia sieht zum Boden. Einen Moment schweigt sie und Roman weiß, dass er in einer unangenehmen Situation steckt. Er kann nicht, wie er gerne würde und egal was er tut, er wird Emilia verletzten, was er am allerwenigsten will.

Er will gerade noch etwas anfügen, da heben sich ihre Wimpern wieder.

»Tja, das werden wir nun wohl nicht erfahren. Verstehst du, ich frage mich nur, ich meine … Ich habe die Zeit mit dir immer genossen und ja … auch gemerkt, dass da mehr sein könnte, doch ich wäre niemals auf die Idee gekommen zu versuchen, eine Beziehung aufzubauen oder so etwas in der Art. Ich habe im Leben nicht damit gerechnet, dass du über so etwas überhaupt nachgedacht hattest, genau mit mir, die so etwas wie Liebe erst seit Kurzem aus Büchern kennt und so … unerfahren und naiv ist. Doch als du mich dann gebeten hast zu bleiben … wieso hast du überhaupt etwas gesagt, wenn du eh nicht vorhattest, das was da sein könnte zu vertiefen? Ich meine, hättest du einfach nichts gesagt, ständen wir jetzt nicht hier.«

Roman steckt seine Hände in die Tasche seiner feinen Anzughose.

»Weil ich nicht wollte, dass du gehst und wir nicht … ach verdammt, Emilia, merkst du nicht, wie schwer mir das alles fällt?«

Sie zuckt die Schultern. »Ich sehe, was deine Cousins und du den ganzen Tag tut. Nichts und niemand macht euch Angst, doch wenn es um eure eigenen Gefühle geht, knickst du ein? Ich meine, du stellst dich vor mich und sagst mir, dass du andere Frauen hast … warum? Damit ich dir aus dem Weg gehe, weil du selbst es sonst nicht könntest … es ist im Grunde auch egal. Fahren wir zur Hochzeit!«

Sie dreht sich zum Auto um und rüttelt an der Tür, die aber noch verschlossen ist.

Roman schließt einen Moment die Augen, er weiß, dass Emilia viel zu gut für ihn ist und er das alles eigentlich nur kaputt machen kann, doch trotzdem möchte er nichts anderes. Es ist ihm noch nie etwas so schwergefallen, wie während der letzten Tage Emilia aus dem Weg zu gehen. Er hat erst nach und nach richtig begriffen, dass sie vorhatte, diese Beziehung einzugehen, zumindest herauszufinden, was da zwischen ihnen ist, und seit ihm das bewusst geworden ist, fiel es ihm noch schwerer.

Er muss handeln, er kann nicht anders.

Im selben Moment dreht sie sich zu ihm um, die Bitte um das Öffnen der Autotür schon auf den Lippen, doch er ist schneller.

»Mir tut das alles wirklich leid.«

Roman greift nach ihrer Hand und umfasst sie mit seiner, gleichzeitig legt er seine andere Hand an ihre Wange und beugt sich zu ihr hinunter.

Unzählige Male hat Roman Frauen geküsst, doch dieses Mal schlägt sein Herz so laut, dass Emilia es hören muss.

Allein der Gedanke, dass er der erste Mann ist, der diese Lippen mit seinen berührt, ist unglaublich.

Emilia steht völlig erstarrt da, sie hat nicht damit gerechnet. Erst als seine Lippen ihre berühren, sanft einen Kuss aufdrücken und er sich wieder entfernt, bewegt sie sich wieder und sieht ihm in die Augen.

»Du musst geduldig mit mir sein, doch ich verspreche dir, dass ich mir Mühe geben werde.«

Sie nickt nur und als er sich dieses Mal hinunterbeugt, schließt sie ihre Augen und erwidert den Kuss zaghaft.

In diesem Augenblick ist Roman bewusst, dass das hier eine schwere Aufgabe sein wird, doch dass sich noch niemals etwas so gelohnt hat, wie sich seinen Gefühlen zu stellen und es auf sich zukommen zu lassen.

Kapitel 13

»Camilla?«

Camilla lehnt ihre Wange gegen die kühlen Fliesen und atmet tief ein. Dante ist endlich zurück.

Es geht ihr wieder ein bisschen besser, doch ein Arzt sollte dennoch einmal nachsehen, ob alles in Ordnung ist.

Camilla hatte die ganze Nacht ein merkwürdiges Ziehen im Bauch und ihr ist übel. Sie waren gestern mit Belinda und Vidal in einem neuen Fischrestaurant, offenbar hat sie sich da etwas eingefangen. Dante wollte einen Arzt holen gehen, der in der Nähe der Cuidad lebt, nachdem sie sich heute Morgen zweimal übergeben hat.

Auch soeben hatte sie wieder das Gefühl, sich übergeben zu müssen, doch es ging zum Glück wieder weg. Sie wird sich eine Wärmflasche machen und etwas nehmen, was der Arzt ihr gibt und dann ist hoffentlich alles wieder gut.

»Ich bin hier oben.«

Sie wäscht sich das Gesicht und putzt sich noch einmal die Zähne. Dante tritt zu ihr ins Bad. »Geht es besser?« Camilla nickt und sieht auf den Flur hinter ihm.

»Wo ist der Arzt?« Dante strahlt und hält eine Papiertüte hoch.

»Ich habe Vidal getroffen, er hat gerade Belinda zur Hochzeit gefahren und als ich ihm davon erzählt habe, hat er mir einen besseren Tipp gegeben als einen Arzt zu holen.«

Oh nein, Camilla hatte damit gerechnet, einige Tabletten zu bekommen, und alles ist wieder gut. Sie stützt ihre Hände in die Hüften. »Dante, mir geht es schlecht. Das wird vom Fisch kommen und damit ist nicht zu spaßen, Vidal weiß doch ...« Wieso grinst ihr Mann so breit? Sie beide sind sehr glücklich, überglücklich, Camilla könnte sich kein besseres Leben vorstellen, doch sie kann sich nicht erinnern, dass sie Dante schon einmal so außer sich vor Freude gesehen hat. Hat er verstanden, wie es ihr geht?

»Sieh doch erst einmal nach, Camilla.« Er hält ihr die Tüte hin und sie holt eine Verpackung heraus.

Sie sieht auf die Verpackung, hoch zu Dante, wieder auf die Verpackung und noch einmal in die Augen ihres Mannes.

Alles was gerade noch in ihren Gedanken umhergeschwirrt ist, ist nun vorbei. Sie setzt an, etwas zu sagen und es beginnt in ihrem Kopf zu rumoren, so abwegig ist das doch gar nicht, könnte es sein?

Camilla setzt ein weiteres Mal zum Reden an und Dantes Grinsen wird immer breiter. »Probiere es doch einfach, mein Herz, wenn nicht, hole ich den Arzt sofort, doch als ich Vidal das gesagt habe, hat er sofort diese Vermutung geäußert und ich bin zur Apotheke gefahren.«

Sie ist gerade nicht in der Lage, ihre Gedanken zu sortieren. Dante tritt näher zu ihr und sieht sie erwartungsvoll an. »Probiere es.« Camilla schüttelt den Kopf. »Warte draußen. Dante, du machst mich ganz verrückt, wie kommt ihr auf solch einen Blödsinn, ich kann mir das nicht vorstellen, aber bitte, ich mache es.«

Dante grinst noch mehr. »Okay, ich warte draußen.«

Einen Moment erinnert er sie an einen kleinen aufgeregten Jungen, der auf ein neues Spielzeug wartet. Sie atmet durch, sobald er den Raum verlassen hat. Das kann doch nicht sein. Sie hat sich den Magen verdorben, Camilla wäre niemals auf den Gedanken gekommen, aber Vidal hat recht, es könnte sein, auch wenn sie es nicht glaubt.

Sie setzt sich auf die Toilette und liest sich durch, was sie zu tun hat. Die nächsten Minuten macht sie alles nach Anleitung, was nicht so leicht ist mit einem aufgeregten Dante vor dem Bad. Als sie fertig ist, sagt sie ihm Bescheid und wäscht sich die Hände, er aber kommt ins Bad und sieht nervös auf den Teststreifen, der auf einem Stück Toilettenpapier liegt.

Er liest sich die Beschreibung durch und starrt auf den Streifen.

Camilla muss leise lachen. »Das kann etwas dauern. Ich meine, wir haben nie darüber gesprochen, ich habe nicht geahnt, dass du dich so über ein ...«

Sie hat gerade in den Spiegel gesehen und versucht, ihre Haare zu einem Zopf zusammenzubinden, da liegt sie in Dantes Armen. Er hat sie zu sich umgedreht.

»Wir bekommen ein Baby, amor. Du weißt nicht, wie glücklich ich bin. Ich kann Gott nicht genug für all das danken.«

Camillas Herz beginnt zu rasen. »So schnell, bist du sicher?« Sie gibt Dante einen Kuss auf die Schulter, macht sich aber los, um selbst auf den Streifen zu sehen: und tatsächlich. Obwohl es einige Minuten dauern sollte, ist ein dickes eindeutiges Plus zu erkennen.

Sie ist schwanger.

Camilla greift an ihren Bauch und sieht Dante an, der sie ganz genau beobachtet. »Wir bekommen ein Baby?« Ihre Augen füllen sich mit Tränen beim Gedanken daran, dass sie ein kleines Wesen in sich trägt und nichts gemerkt hat. Sie hat nicht einmal eine Vorstellung davon, wie lange sie schon schwanger ist. Dante war ihr erster Mann und sie sind nun verheiratet und haben nie verhütet.

Camilla streicht über ihren Bauch und Dante sieht ihr glücklich in die Augen. »Ich liebe dich.« Sie lächelt und liegt im nächsten Moment in seinen Armen.

»Ich wäre nie auf die Idee gekommen ... wir bekommen ein Baby, Dante! Ich kann das gar nicht glauben. Es ist so ...« Er küsst ihre Wange.

»Ich habe auch nicht daran gedacht, doch als ich Vidal gesagt habe was du hast, hat er mir direkt gesagt, ich soll einen Schwangerschafts- test kaufen. Wir fahren gleich zu den Ärzten, die für Belinda bereit- stehen. Aber erst einmal muss ich den anderen Bescheid geben.«

Camilla atmet tief ein, sie kann das immer noch nicht glauben.

»Den anderen? Wo sind die?«

Dante küsst noch einmal ihre Wange. »Unten, sie warten alle auf das Ergebnis. Zieh dich an, wir fahren dann direkt los.« Er dreht sich um und ist schon weg und Camilla sieht ihm verwundert hinterher. Unten? Diese verrückten Kerle.

Sie muss lachen, als sie wenige Sekunden später lautes Gejohle und Gepfeife hört und geht zurück zum Spiegel. Sie zieht ihr Shirt hoch und streicht über ihren Bauch. Noch sieht man nichts, sie ist nicht sehr schmal, doch eine Wölbung würde man schon erkennen.

Ein Baby, entstanden aus der tiefen Liebe, die Dante und sie füreinander empfinden. Ihr Kind wird zusammen mit Vida und Paz aufwachsen, hier, zwischen all den Menschen, die Camilla mittlerweile so liebt. Sie streicht noch einmal über ihren Bauch und lächelt glücklich in den Spiegel.

Vor wenigen Minuten wollte sie sich nur zurück ins Bett legen und nichts mehr von der Welt wissen, aber jetzt hat sich alles geändert, alles.

Ponce knackt seine Schultern.

Die Sonne ist untergegangen und die Feier ist in vollem Gange. Es wird getanzt, gelacht und gegessen. Santos und Lilly haben alles richtig gemacht, so könnte er sich seine Hochzeit auch vorstellen.

Auch er hat den Tag sehr genossen, er hat alles von den beiden von klein auf mitbekommen und freut sich für sie. So geht es jedem hier, die Trennung damals war für sie alle nicht leicht.

Es waren immer Santos und Lilly und plötzlich war Lilly weg und Santos nicht mehr der Gleiche.

Es hat eine Weile gedauert, bis Santos so weit auf der Strecke war, dass er langsam wieder zum Alten wurde, doch derselbe war er nicht mehr. Egal wie viele Wochen vergingen, wie viele Frauen durch sein Bett gezogen sind, er war anders, und richtig bewusst geworden ist es Ponce dann, als Lilly zurückkam und die beiden endlich wieder zusammengefunden haben.

Es ist ihnen allen ein Stein vom Herzen gefallen, es geht nicht anders, es waren immer Santos und Lilly und genau das feiern sie alle heute.

Ponce hat mit Alena und Belinda getanzt und dann seiner Schwester seine Schulter zur Verfügung gestellt, weil sie immer wieder fast eingeschlafen ist. Sie hat krampfhaft versucht, wach zu bleiben, doch sie ist einfach zu müde geworden, und gerade hat er sie in ihr Loft gebracht, wo sie noch ohne sich umzuziehen eingeschlafen ist.

Als er jetzt zurückgeht, läuft ihm die Person über den Weg, der er als Einzige hier die ganze Zeit versucht hat aus dem Weg zu gehen.

Alina sieht wunderschön aus. Sie trägt ein cremefarbenes, knielanges Kleid, was einen sexy Ausschnitt hat und doch sehr elegant wirkt. Sie trägt ihre langen Haare offen und ist in seinen Augen die schönste und sexyste Frau, die er jemals gesehen hat und wahrscheinlich ist es genau das, was ihn gleich wieder sauer werden lässt, als sie jetzt an ihm vorbei möchte.

»Ich hatte erwartet, dass du deinen neuen Freund mitbringst.«

Alina hält ein. »Er ist nicht mein Freund, ich hatte erwartet, dass du eine der zwei Frauen mitbringst, die du die letzten Tage hier hattest.«

Ponce schiebt seine Hände in die Taschen seiner Anzughose, um so gelassen wie nur möglich zu wirken, sie sollte nicht wissen, wie es wirklich in ihm aussieht.

»Nein, die würde ich niemals mit zu meiner Familie nehmen.« Alina nickt und will weitergehen, doch dann bleibt sie stehen.

»Danke.« Ponce hat sie nicht einmal aus den Augen gelassen. »Wofür?«

Alina lächelt leicht. »Ich habe mir deine Worte zu Herzen genommen und bin mit Alena mit zur Therapie gegangen. Dort habe ich mehrere Stunden mit den Therapeuten gesprochen und nun gehe ich zweimal die Woche dorthin, um zu versuchen, all das richtig zu verarbeiten. Ich hätte vielleicht nicht so lange alleine versuchen sollen, das alles in den Griff zu bekommen.«

Das überrascht Ponce nun aber doch.

»Das ist … gut, ich meine, ich denke, das ist das Richtige. Was haben die Therapeuten gesagt? Was denken sie, wie dir zu helfen ist?«

Unbewusst ist er einige Schritte zu ihr aufgeschlossen und auch Alina bewegt sich weiter in Richtung ihres Hauses, offenbar ist für sie der Abend auch vorbei und sie möchte gehen.

»Dafür gibt es keinen richtigen Plan. Ich rede mit ihnen, ich erzähle ihnen, was mir passiert ist und auch, was jetzt passiert und was ich hier erlebe und wie sich das alles für mich anfühlt.«

Ponce hat selbst erlebt, wie gut diese Therapien bei Alena anschlagen und kann nur hoffen, dass es auch bei Alina so sein wird.

»Ich bin mir sicher, sie haben dir gesagt, dass du das mit den Männern anders angehen musst.« Ponce sieht zu ihr hinunter.

Wenn sie so nebeneinander laufen, ist er mindestens einen Kopf größer als sie. Sie blickt zu ihm hoch und lächelt. »Das muss ich selbst wissen, sie fanden es nur sehr interessant, dass genau das mit dir mir am meisten Angst gemacht hat und sie haben mir gesagt, dass ich langsam vorgehen muss.«

Ponce geht langsamer.

»Mit mir? Da war doch kaum etwas, ich meine ...« Alina sieht in Richtung ihres Hauses, was sie bald erreichen. »Ja, das stimmt. Doch weißt du, ich habe im Haus, als ich eingesperrt war, gelernt, meine Gefühle abzustellen, in jeder Hinsicht. Der Therapeut sagt, dass das der Körper ganz von alleine als Schutzmechanismus macht. Und das bleibt dann so.«

Sie halten vor Alinas Haustür, Alina geht eine Treppe der Veranda hoch und wendet sich zu ihm um. Nun ist sie nur noch einen halben Kopf kleiner als er und ihre großen dunklen Augen sehen ihn unsicher an.

»Es war auch so, ich wollte wieder etwas fühlen, doch es ging nicht. Egal was war, was ich probiert habe. Mit dir sind das erste Mal wieder Gefühle in mir entstanden und das hat mich erst völlig fasziniert, ich konnte gar nicht genug davon bekommen.«

Ponce sieht ihr weiterhin in die Augen, sie ist sehr ehrlich, das war sie von Anfang an und es fällt ihm schwer, nicht zu auffällig zu schlucken und zu zeigen, dass das alles auch ihm nicht egal ist. Alina hat keine Vorstellungen davon, wie oft er an ihre Nähe denken musste und es immer noch ständig tun muss.

»Doch, als du dann plötzlich weg warst, haben sich andere Gefühle in mir aufgebaut und die haben mir ... wirklich Angst gemacht und deswegen habe ich mich wieder verschlossen. Das habe ich jetzt gemerkt und hoffe, ich kann das wieder mit Hilfe der Therapeuten ändern.«

Er räuspert sich. »Was hat dir Angst gemacht, Alina?« Sie sieht ihm in die Augen, dann atmet sie tief ein und schüttelt leicht den Kopf. Sie will gehen, doch Ponce tritt näher und greift nach ihrer Hand.

»Was ist?«

Er sieht, dass sie mit sich ringt, doch sie ist eine sehr starke Frau und schafft es, ihm wieder in die Augen zu sehen.

»Ich war … verletzt. Als du weggeflogen bist und so lange weggeblieben bist … habe ich das zwischen uns vermisst und war sauer, dass du gegangen bist und das hat mir Angst gemacht. Ich wollte nur ausprobieren, wozu ich mit einem Mann noch in der Lage bin und habe nicht damit gerechnet, dass dabei solche Gefühle entstehen.«

Ponce hätte gar nicht fragen sollen, denn nun steht er vor ihr und muss auch ehrlich sein, doch vielleicht ist er genau in dieser Angelegenheit nicht so stark wie sie, denn statt ihr darauf zu antworten, umfasst seine Hand ihre komplett, die andere Hand geht an ihre Wange und er küsst sie.

Er hat all das wahnsinnig vermisst, sie, ihren süßen Geschmack; als sich Alina ihm sofort öffnet und sich enger an ihn schmiegt, will Ponce augenblicklich wieder mehr, er kann von dieser Frau einfach nicht genug bekommen. Statt ihr richtig zu antworten, küsst er sie liebevoll und verlangend zugleich und als sie sich trennt, küsst er noch einige Male ihre weichen Lippen.

»Du hast mir auch gefehlt, sehr sogar. Es ist gut, dass du diese Therapie machst, ich werde in dieser Zeit an deiner Seite sein.«

Alina steht noch immer eng bei ihm und ihre Augen sehen ihn misstrauisch an. »Meinst du das wirklich ernst? Was ist mit den anderen Frauen …?«

Ponce küsst erneut ihre Lippen. »Ist mir alles egal. Wann hast du die nächste Sitzung?« Alina lächelt. »Morgen Nachmittag.«

Er nickt und küsst ihre Wange. Sie schmiegt dabei ihr Gesicht in seine Hand und atmet tief ein. Das hier ist mehr als alles, was Ponce vorher hatte und ja, das macht ihm Angst, doch sobald er in Alinas Augen sieht, weiß er, dass er nichts anderes möchte.

»Okay, ich fahre dich und hole dich dort wieder ab und dann gehen wir etwas essen.«

Noch einmal küsst er zärtlich ihre Lippen. »Aber dann kannst du nicht einfach wieder für einen Monat verschwinden, einfach so … als wäre hier nichts.«

Er lächelt und nimmt sie noch einmal in seine Arme. All das hier verrät, wie sehr sie ihm gefehlt hat.

»Tue ich nicht und wenn, dann kommst du mit. Aber Alina, sorg du auch dafür, dass jetzt auch jeder Lieferant und alle wissen, dass ich an … deiner Seite bleibe.«

Sie nickt und Ponce gibt ihr einen letzten Kuss.

»Bis morgen, schlaf gut.«

Alinas Augen strahlen.

»Bis morgen, Ponce.«

»Wie soll ich darauf nur verzichten?«

April geht langsam von Alejandro herunter, der noch immer schneller atmet und liegen bleibt.

»Es sagt ja keiner, dass du das musst. Es wird vielleicht mal wieder etwas länger dauern, bis wir uns sehen, aber dass wir uns sehen, denke ich, ist uns mittlerweile beiden klar, oder?«

Ja, das ist es. April wusste nicht, ob Alejandro es doch schafft, sie richtig an sich heranzulassen, doch das hat er. Sie sind sicherlich kein normales Paar, sie leben nicht zusammen und sehen sich nicht ständig, doch er lässt es zu und das bedeutet bei Alejandro schon sehr viel.

April weiß noch nicht, wie das auf Dauer weitergeht.

Wird sie ihren Laden und ihr Leben in Portland aufgeben? Früher oder später sicherlich, doch jetzt gerade findet sie es einfach nur schön, dass Alejandro sie und all die Gefühle zwischen ihnen zulässt und genießt es vollkommen.

Sie kuschelt sich an ihn und küsst seine Schulter.

»Es ist klar.«

Alejandro streicht über ihre Wange, langsam normalisiert sich sein Atem wieder und er dreht sich auf sie.

»Vielleicht sollten wir dann aber doch etwas mehr vorarbeiten, damit uns die Zeit ohne einander nicht so schwerfällt.«

April lacht auf, als er ihre Beine mit seinem Körper teilt und ihr sanft ins Ohrläppchen beißt, ihre Arme legen sich um seine Schulter, nein, das wird sie so schnell nicht aufgeben.

»Ich bin sehr zufrieden. Sie haben die Pläne für den nächsten Monat, Alena, und ich bin sehr zuversichtlich, dass die zwei Stunden ausreichen werden. Sie haben es geschafft, Sie haben diese Zeit verarbeitet. Das bedeutet nicht, dass Sie ausgelöscht ist, doch Sie haben gelernt, damit zu leben.«

Alena nickt und umarmt ihren Arzt noch einmal. Sie hatte ihre letzte Stunde bei ihm. Er fliegt wieder weg, sie wird ihre Therapie bei einem anderen Arzt und nur noch zweimal im Monat fortsetzen und das auch nur noch so lange, wie sie selbst das für richtig hält.

Es kommt ihr fast wie gestern vor, dass sie hier angefangen hat, tatsächlich ist sie eine ganze Weile hier in das Center gekommen und das viele Stunden jeden Tag.

»Danke für alles.« Der Arzt lächelt und streicht über Anibals Kopf. »Ich denke, dass es noch wichtig für Sie ist, einen kompletten Abschluss zu finden. Nicht sofort, dann wenn Sie sich bereit fühlen, vielleicht gehen Sie zum Friedhof oder noch einmal zu den Ruinen des Zoos oder an einen dieser Orte, die Sie so geprägt haben, um dort zu stehen und zu sagen: Es ist vorbei. Das ist dann der Punkt, wo die meisten Patienten wirklich loslassen können. «

Alena nickt.

Das ist etwas, woran sie selbst schon oft gedacht hat. Sie weiß, dass sie das braucht, dass sie dorthin muss, um das für sich ganz abzuschließen und auch, dass sie das allein tun muss. Erst dann wird sie endlich nach vorn blicken können und all das komplett hinter sich lassen.

Sobald sie im Auto sitzt, antwortet sie Elian.

Er möchte mit ihr am Wochenende auf sein Boot und sie hat auch schon eine Ausrede für ihre Familie. Santos ist gestern mit Lilly in die Flitterwochen nach Mauritius geflogen und alle anderen widmen sich wieder der Arbeit, sie wird für ein paar Stunden mit Elian abtauchen und sie kann es kaum erwarten. Seit dem Krankenhaus haben sie sich nicht mehr gesehen, es war zu viel los.

Alena atmet tief ein. Sie lehnt sich im Auto zurück und denkt über die Worte des Therapeuten nach. Es ist noch früh, und nachdem sie einige Minuten alles hin und her gewendet hat, beschließt sie, es einfach zu wagen. Sie muss es tun, für sich, für ihr Leben. Benjamin hat nicht gewonnen, niemals. Er hat sie nicht besiegt und getötet, wie sie es lange Zeit geglaubt hat.

Alena fährt zum Hafen.

Benjamin liegt auf keinem Friedhof, sie weiß nicht, was mit ihm passiert ist, doch die Männer wollten nicht, dass er in Puerto Ricos Erde begraben ist.

Der Zoo ist völlig abgebrannt und es wird darauf mittlerweile wieder gebaut.

Doch es gibt etwas, was Alena noch immer allein beim Gedanken daran eine Gänsehaut bereitet und es wird Zeit, sich diesen Geistern zu stellen, um endlich diesen Kampf zu gewinnen.

Sie hält beim Bootsverleih und mietet sich ein kleines Motorboot. Sie muss ihre Adresse und Telefonnummer zur Sicherheit hinterlegen und sagt, dass sie in zwei Stunden zurück sein wird. Den Mann interessiert es nicht, wieso sie mit einem Hund allein aufs Meer fährt, man kann von hier die Insel sehen, sie hat sich lange damit beschäftigt und weiß genau, wohin sie muss, als sie den Motor startet und tief einatmet.

Es wird Zeit, all das hinter sich zu lassen und Benjamin ein für alle Mal zu besiegen.

Kapitel 14

»Hey, ich wollte dich nicht erschrecken.«

Roman tritt zu Emilia ins Lesezimmer, welches Petro und er extra für sie eingerichtet haben.

Er war den ganzen Tag schon so unruhig, er hatte mit seinem Bruder und Ponce einen Termin und er konnte gar nicht richtig stillsitzen. Eigentlich ist alles in Ordnung, auch das Treffen mit der anderen Familia, um über einen Warenaustausch in Mexiko zu verhandeln, lief gut, doch trotzdem hat er ein ungutes Gefühl im Magen.

Als er jetzt aber auf Emilia blickt, die ihr Buch senkt und ihn anlächelt, legt sich das Gefühl wieder. »Alles in Ordnung. Ich habe mich nicht erschreckt. Geht es dir gut?«

Roman bleibt am Eingang des Raumes an die Türpfosten gelehnt stehen. Er liebt diesen Anblick. Emilia sitzt im Schneidersitz auf dem Lesesessel, sie trägt eine schwarze Pyjamahose und ein weißes Shirt und ist barfuß. Ihre hellen Haare hat sie zu einem unordentlichen Zopf nach oben gebunden.

Nur Petro und er sehen sie so.

Wenn sie nach draußen geht, bindet sie sich die Haare zu einem Knoten oder Dutt nach oben und zieht sich etwas bedeckter an. Auch wenn sie das nicht müsste, weil sie nicht vorhat Nonne zu werden oder es sonst einen Grund dafür gibt, tut sie es einfach, weil sie es will.

Gestern hat Roman den ganzen Tag mit ihr verbracht. Sie war bei ihm zu Hause, sie haben sich Filme zusammen angesehen und den gesamten Tag über im Garten oder im Haus verbracht. Roman ist dankbar, das sie sich nun doch näher gekommen sind und er hofft, dass er das wirklich hinbekommt und keinen Blödsinn macht. Das hier zwischen Emilia und ihm bedeutet ihm jetzt schon zu viel, um da einen Fehler zu machen.

»Ja, alles bestens, wir haben einen guten Deal abgeschlossen. Wie sieht es aus, lässt du deine Bücher für eine Weile liegen und gehst mit mir essen?«

Emilia legt ihr Buch schon zur Seite und kommt zu ihm.

Ohne Scheu legt sie ihre zarten Arme um seine Schultern und seine Hände umfassen ihre Hüften. Natürlich ist er sehr rücksichtsvoll im Umgang mit ihr. Er weiß, dass er bei allem der Erste ist und sie noch niemals einem Mann so nah war, doch sie sind sich trotzdem gestern schon nähergekommen.

Je vorsichtiger er war, umso mutiger wurde sie. Sein kleiner Bücherwurm ist ziemlich neugierig auf alles und sie war es, die ihre Küsse vertieft hat, über seine Haut unter seinem Shirt gestreichelt hat und sich das T-Shirt und den BH ausgezogen hat.

Weiter ging es nicht, doch es war für Roman sehr schwer, sich zurückzuhalten. Emilia macht ihn wahnsinnig. Ihr süßer Duft, der noch süßere Geschmack, ihre weiche, helle Haut, die langen Haare, er ist nach allem verrückt, was Emilia betrifft. Er hat sich lange genug zurückgehalten mit seinen Gefühlen für sie, und auch wenn er jetzt noch nicht genau weiß, ob das zwischen ihnen das Richtige ist, so genießt er diese Zeit sehr.

Emilia gibt ihm einen kurzen Kuss auf die Lippen. »Ich muss ehrlich gesagt gestehen, dass ich mich gar nicht mehr wirklich auf die Männer in den Liebesgeschichten konzentrieren konnte, weil ich immer das Gefühl habe, dass ich hier einen viel besseren habe.«

Roman lächelt und küsst sie noch einmal, auch er wollte nur kurz ihre Lippen miteinander verschließen, doch Emilias Hand legt sich an seine Wange und sie vertieft den Kuss.

Er kann sich nicht zurückhalten, als er sie so spürt. Ihre andere Hand wandert unter sein Shirt und streicht über seinen Bauch und Roman öffnet ihren Zopf und lässt das blonde Gold hinabfallen.

Wenn sie einen Knoten auf dem Kopf trägt, sieht man, dass der voller ist, doch er hat nicht damit gerechnet, dass sie dicke goldene Haare hat, die ihr fast bis zum Po reichen.

Sie ist sein Engel, wenn er sie betrachtet, mit ihren großen Augen, der hellen Haut, dem zarten Gesicht und den langen goldenen Haaren, weiß er einfach, dass sie sein Engel ist und er das nicht zerstören darf.

Roman erwidert den Kuss sehnsüchtig, er wendet sie herum, sodass sie gegen die Wand steht und nun gehen seine Hände auf Entdeckungsreise. Er hebt ihr Shirt und beendet den Kuss, seine Lippen fahren ihren Hals entlang, doch in dem Moment hört er die Stimme seiner Mutter.

»Roman, Petro? Seid ihr da?«

Sie lacht leise, als Roman sie schnell loslässt und sich räuspert. »Hier Mama, was ist los?« Seine Mutter kommt zu ihnen und sieht einen Moment verwirrt zwischen Emilia und ihm hin und her. Sie liebt Emilia, Roman weiß, dass sie ganz begeistert von ihr ist, er ist sich aber nicht sicher, ob sie die Verbindung zwischen ihnen auch so gutheißen wird und wann er es ihr sagen soll, falls sie es sich jetzt nicht denken kann.

Auch wenn sie nur noch dicht beieinanderstehen, sieht man ihnen sicherlich an, dass das hier gerade noch anders ausgesehen hat.

»Entschuldigt die Störung, aber bei Petro ist die ganze Zeit besetzt und du bist nicht ans Handy gegangen. Weiß einer von euch, wo Alena ist, wir waren vor einer Stunde verabredet, wir wollten mit Anibal zum Tierarzt und es ist nicht ihre Art, nicht Bescheid zu geben, ich meine, ihr kennt sie doch. Ihr Handy ist aus. In diesem Therapiezentrum bekomme ich niemanden an den Apparat, ständig ist besetzt oder es geht keiner ran.«

Das ungute Bauchgefühl von Roman setzt sofort wieder ein. »Vielleicht ist sie im Center und hat nur die Zeit vergessen, ich gehe gleich mal nachsehen und fahre dann zum Therapiezentrum, sag mir Bescheid, wenn sie sich meldet.«

Seine Mutter nickt. »Soll ich mitkommen?«

Roman ist schon halb aus der Tür und sagt ihr, dass das nicht nötig ist. Er kann nur hoffen, dass sie es einfach vergessen hat, weil sie durch die Kinder im Center abgelenkt war, sonst kann er sich das nicht erklären.

»Wohin?« Roman rennt fast in Petro hinein, der drei Pizzen auf dem Arm hat und hinter dem Ponce läuft und etwas auf seinem Handy tippt. »Wir suchen Alena, ich sehe mal nach, ob sie im Center ist oder bei der Therapie.«

Es ist merkwürdig, obwohl sie alle wissen, dass keine Gefahr mehr für Alena droht, sind alle sofort ernst, wenn es um seine Schwester geht. Niemand hier wird jemals vergessen, was ihr angetan wurde und sie alle haben ein schlechtes Gewissen, dass sie es nicht verhindern konnten, obwohl es nicht machbar war.

Petro überreicht die Pizza ihrer Mutter, die hinter Roman zur Tür kommt. »Ich komme mit.« Ponce läuft bereits neben Roman und das macht seine Mutter nur noch nervöser. »Ruft sofort an, wenn ihr wisst, wo sie ist.«

Sie steigen alle zusammen in Romans Auto und er fährt direkt zum Center, davor fragt er aber noch am Wachhaus nach, ob die etwas von Alena wissen. Es ist später Nachmittag, Alena soll am frühen Morgen hinausgefahren sein, seitdem hat keiner mehr etwas gehört.

Roman schließt einen Moment die Augen, als sie dann in das Center treten, doch sie finden nur viele kleine Kinder, Alina und einige Mitarbeiter vor. Ponce gibt Alina einen Kuss und fragt, ob sie etwas von Alena gehört hat.

Es muss ihm entgangen sein, dass die beiden nun ein Paar sind, doch gerade hat er andere Sorgen. Alina sagt, dass sie Alena morgens gesehen hat und sie erklärt habe, dass sie heute nur kurz zur Therapie geht und dann noch etwas im Center hilft, doch sie ist nicht aufgetaucht.

Romans Herz beginnt schneller zu schlagen, er sitzt in der nächsten Minute im Auto, Ponce und Petro folgen ihm. Alejandro ruft an. Seine Mutter hat besorgt seinen Vater angerufen und er will wissen, was los ist.

Ponce spricht mit ihm, während Roman zum Therapiezentrum fährt. Er hat Alena hin und wieder hier abgesetzt, drinnen war er nie.

Als er jetzt sieht, dass niemand am Empfang sitzt, geht er einfach in den angrenzenden Raum und fragt nach, wer hier Alena therapiert hat. Der verängstigte Arzt erklärt, dass er nicht wisse, wovon er spricht, im nächsten Moment kommen immer mehr Ärzte und auch zwei, die Alena heute gesehen haben.

Sie sagen, dass Alena nur kurz hier war, sie sich verabschiedet haben und sie schon lange weg sind.

Es ist nur ein Moment der Unbedachtheit, die Sorge um Alena, die die Ärzte in den Augen von Roman und den anderen lesen, dass der andere Arzt fragt, ob es nicht sein kann, dass Alena mit dem Mann zusammen ist, mit dem sie sich hier oft im Therapiezentrum getroffen hat.

Roman versucht, ganz ruhig zu bleiben. Er fragt nach, ob die Ärzte wissen, wie der Mann heißt, als sie dann aber sagen, dass es die ärztliche Schweigepflicht gibt, ist auch seine Geduld vorbei und er zieht seine Waffe, sodass ihm letztlich der Name genannt wird, der ihm wie Säure den Rücken herunter brennt.

Der Arzt sagt etwas davon, dass es ihrer Therapie immens geholfen hätte und dass das etwas sehr Privates ist, doch da ist Roman schon weg und dieses Mal wartet er auf niemanden.

Er ist so schnell am Auto, dass er nur noch durch den Rückspiegel sieht, wie Ponce und Petro auf den Parkplatz rennen und versuchen ihn aufzuhalten. Ponce hat schon das Handy am Ohr.

Das darf nicht wahr sein. Er rast durch die neutrale Zone und genau auf das Gebiet, was er nie betreten dürfte.

Roman rast die Straßen entlang, ihm sind die Autos bewusst, die ihm folgen und laut hupen, um ihn zum Stoppen zu bewegen.

Im Leben nicht, auch als sie in bedrohlicher Weise Waffen aus dem Fenster halten, gibt Roman nur noch mehr Gas. Er überfährt Kreuzungen bei roter Ampelphase und ist froh, dass in dieser Mittagshitze kaum jemand auf der Straße ist.

Er hört sein Handy klingeln, immer wieder, wie in Dauerschleife, doch er ignoriert all das. Er kennt sich auf diesem Teil nicht aus, war noch niemals hier, doch er weiß trotzdem ganz genau, wohin er soll, weil er von Geburt an darauf trainiert wurde, im Notfall herzukommen und alles zu beenden.

Als er in die Auffahrt einfährt, werden die Schranken gerade geschlossen, vor ihm ist ein LKW eingefahren und die Wachmänner sehen diesem hinterher. Erst als die Reifen der ihn verfolgenden Autos quietschen, blicken alle zu ihm und ziehen die Waffen.

Zu spät. Roman ist schneller, er ist kein Anfänger, kein einfacher mittlerer Mann, der zum Kampf für die Familias ausgebildet wurde, er ist mit dem Blut der Familia geboren und wird sich niemals von irgendwelchen Wachleuten abhalten lassen, er hat den Willen, den Willen, Rache zu nehmen.

Er gibt ein letztes Mal Gas und rast durch die Einfahrt, wobei die Schranke auseinandergerissen wird. Das hätte er mit einem anderen Wagen nicht geschafft, sein SUV schafft es ohne Probleme, auch wenn er ihn danach wahrscheinlich entsorgen kann, war es das wert.

Er hört Schüsse und dass einer seiner Reifen platzt, Männer kommen aus den Häusern, doch Roman sucht nur nach einem Gesicht. Er hält mittendrin, als er sieht, wie sich die Türen der größten Häuser hier öffnen.

Vidal kommt aus seinem Haus und sieht verwundert zu seinem Auto. Roman steigt aus und zieht seine Waffe im selben Augenblick, als Elian vor die Tür tritt, er hat nur eine Boxershorts an und sieht verschlafen auf all das Chaos.

»Du verfluchter Bastard!«

Roman hebt seine Waffe, um abzudrücken, doch bevor er dazu kommt, hört er, wie sich ein anderer Schuss löst und ein reißender Schmerz trifft ihn mit voller Kraft.

»Nein!«

Roman geht zu Boden, doch vorher löst sich auch ein Schuss aus seiner Waffe. Er kennt die Stimme. Roman versucht durchzuatmen, sein Bein schmerzt, aber er ist noch nicht fertig, er will seine Waffe wieder anheben, doch in dem Moment umschließen ihn zarte Arme und er sieht in Belindas helle Augen.

»Roman, was tust du hier?« Ihre kühlen Finger umfassen sein Gesicht und er kann wieder klarer denken. Belinda war gerade bei Vidal, sie lebt jetzt hier. Sein Herz rast vor Wut und er blickt zu Elian. Vidal steht bei ihm und hält ihm sein Shirt an den Arm.

»Du verrückter Idiot, was tust du hier?«

Dante kommt zu Roman und will ihm die Waffe wegnehmen, doch Roman hebt sie an und zielt erneut auf Elian. »Wo ist Alena und wieso hast du es überhaupt gewagt, sie anzufassen?«

Roman hört Autos schlitternd halten und vernimmt Vidals Stimme.

»Belinda, geh da weg, sofort!«

Er hört Alejandros Stimme, doch er ignoriert all das, bis er erneut Belindas kühle Finger spürt, doch dieses Mal an seiner Hand und seiner Waffe.

»Roman, beruhige dich. Alena ist nicht hier, gib mir die Waffe. Alles was passiert ist, ist nicht gegen Alenas Willen geschehen, du hast kein Recht, deswegen hier irgendjemanden zu erschießen. Wenn Alena erfährt, dass du hier …«

Roman blickt seiner Cousine in die Augen und lässt aber wirklich seine Waffe sinken.

»Wo ist sie?«

Alejandro kommt zu ihnen und sieht zu seinem Fuß.

»Verdammt, Roman, du bist echt …«

Er spürt, wie er etwas um seinen Fuß bindet, kann aber gar nicht reagieren, denn in diesem Moment trifft ihn ein Schlag und er wankt.

»Elian, nein!«

Belinda wird weggezogen. Roman taumelt und sein Bein schmerzt stärker, doch im selben Augenblick stürzt er sich auf Elian. »Deine Schwester und ich lieben uns. Nur aus Rücksicht auf euch habe ich mich bisher zurückgehalten, doch …«

Roman ist so wütend, dass er es schafft, Elian ebenso einen Schlag zu verpassen, bis er von ihm weggezogen wird. Sein Herz und sein Atem rasen. Alejandro hält ihn, Vidal Elian. Auch er ist außer sich vor Wut. Er blutet am Arm und sein Schlag hat seine Wange aufplatzen lassen, der Mistkerl hat noch viel mehr verdient.

Roman will sich nochmal auf ihn stürzen, doch Alejandro hat ihn fest im Griff. Ponce und Petro stellen sich zu ihnen und auch Levi kommt gerade angerast.

Plötzlich ist Belinda wieder da und stellt sich genau zwischen Roman und Elian. Sie trägt nur ein kurzes Top und eine Schlafanzughose und ihr Bauch glänzt in der Sonne.

»Was soll das alles hier? Seht euch doch mal an, wie krank das ist!«

Vidal, der Elian hält, sieht Belinda mahnend an. »Belinda, das ist nicht der beste Zeitpunkt für Gespräche. Geh ins Haus und ...« Sie hebt die Hand. »Du hast meinem Cousin ins Bein geschossen.« Er zuckt die Schultern. Dante, Benito und Cuca stehen bei ihnen und viele hunderte Männer treffen nach und nach ein und sehen sich all das misstrauisch an.

»Und das nur, weil er dein Cousin ist, er hat auf meinen Bruder gezielt, normalerweise würde er nicht mehr atmen.« Belinda reibt sich die Stirn, Alejandro will etwas sagen, da sieht sie noch einmal zu Roman, der langsam wieder klarer denken kann, er hat keine Zeit für so etwas.

»Warte mal, Roman, was ist mit Alena?«

Das bringt ihn wieder zur Klarheit. Er reißt sich los. »Keiner weiß, wo sie ist, wenn sie hier nicht ist, müssen wir weitersuchen. Sie ist verschwunden. Um den kümmere ich mich später.«

Nun wird auch Elian ruhiger.

»Was heißt verschwunden? Sie hat mir vorhin noch geschrieben, seit wann ist sie weg?« Roman dreht sich noch einmal zu ihm um, um ihm etwas an den Kopf zu werfen, da klingelt Alejandros Handy.

Roman muss sich jetzt auf die Suche nach Alena konzentrieren, sie darf nicht wieder weg sein. Nicht nochmal, er lässt das nicht zu. Er geht zu seinem Auto und sieht aber, dass er den nicht mehr fortbewegen können wird.

»Das waren gerade die Wachen. Ein Mann ist zu ihnen gekommen. Alena hat heue Vormittag ein Motorboot bei ihm geliehen, sie sollte vor drei Stunden zurück sein. Er war da, um das Geld für das Boot zu fordern. Sie musste ihre Adresse nennen. Er wusste nicht, wer sie ist.«

Roman sieht zu seinen Cousins und seinem Bruder.

»Ein Boot? Was ... sie wird doch nicht ...?«

Alle halten einen Moment ein, bis Petro sich räuspert. »Der Therapeut hat doch irgendetwas erzählt, dass er Alena heute geraten hat, sich ihren Ängsten zu stellen, vielleicht ist sie auf die Insel gefahren ...«

Roman will das nicht glauben, doch alles deutet darauf hin.

»Die Insel müsste doch komplett abgebrannt sein, hattet ihr nicht den Auftrag gegeben, all das, was es dort gab, zu beseitigen und abzubrennen?«

Man merkt Belinda deutlich an, dass sie nervös wird.

»Ja, haben wir ...« Alejandro flucht leise auf. »Ich habe das damals in Suertes Hand gegeben, wer weiß, was er da wirklich veranstaltet hat, wir müssen sofort auf die Insel. Petro, fahr mit Roman ins Krankenhaus ...« Roman sieht nicht einmal richtig zu seinem Fuß, sondern folgt Alejandro zu seinem Auto, auch wenn jeder Schritt schmerzt.

»Im Leben nicht, ich hole sie da raus.«

Doch nicht nur sie setzen sich in Bewegung, auch Elian geht zu seinem Auto. »Wir haben Schnellboote im Hafen. Ich hole sie da ...« Roman wendet sich noch einmal blitzschnell um. »Du kommst nicht mehr in ihre Nähe!« Elian will etwas erwidern, doch da ist Vidal schon neben ihm, gibt ihm etwas zum Anziehen in die Hand und sieht Alejandro in die Augen.

»Wir alle haben das nicht richtig beendet, dann müssen wir heute dafür sorgen.«

Roman setzt sich auf den Beifahrersitz. All das wird er später klären, jetzt will er nur schnell zur Insel und kann nur hoffen, dass sie wirklich abgebrannt ist und nicht, dass Alena dort in Gefahr ist, weil Suerte und Benjamin etwas anderes mit der Insel getan haben und sie davon nichts mitbekommen haben.

Kapitel 15

»Zeig her!«

Vidal setzt sich neben ihn.

Elian sieht weiter auf das Meer, sie können die Insel bereits sehen, erkennen allerdings noch nichts Richtiges, doch in einigen Minuten sind sie da.

Er hat sich ein Shirt, eine Shorts und Turnschuhe übergezogen. Er blutet noch immer aus der Wunde, doch es ist nur ein größerer Kratzer. Die Kugel ist an ihm vorbeigeflogen und in seiner Haustür steckengeblieben. Nur durch den Schuss von Vidal hat Roman verfehlt. Eigentlich würde Elian nicht mehr atmen.

»Wie oft willst du mir eigentlich noch das Leben retten?« Er beißt sich auf die Unterlippe, als Vidal seinen Arm in die Hand nimmt und ein Spray auf die Wunde sprüht und ihn verbindet.

Auch Romans Bein wurde schon verbunden, er hat einen Durchschuss, er blutet mehr als Elian, doch es scheint nicht sehr schlimm zu sein, trotzdem wird er nach der Aktion hier ins Krankenhaus müssen.

Sie sind zu zehnt auf einem Schiff. Vidal, Dante, Benito, Aaron und er. Dazu Alejandro, Ponce, Roman, Petro und Levi. Die anderen Männer sind am Hafen geblieben, sie wissen zwar nicht, was sie vorfinden werden, doch es wird nichts sein, was sie nicht zu zehnt hinbekommen würden.

Es ist nicht das erste Mal, dass sie zusammen diesen Weg fahren und doch wird er sich nicht so einfach daran gewöhnen. Er sieht aus dem Augenwinkel, wie Roman ihm einen tödlichen Blick zuwirft und schnauft leise auf. Der soll ihm heute bloß nicht mehr zu nah kommen.

»Ich wollte nicht, dass es rauskommt, um Belinda und dir nicht im Weg zu stehen.« Vidal klebt die Enden zu.

»Ich weiß, doch das ist jetzt egal und im Grunde ist es besser so, klären wir all das lieber jetzt, bevor die Babys da sind. Also ich hätte das ja niemals gedacht, doch gerade bin ich richtig froh, dass Alejandro Belindas Bruder ist.«

Vidal lacht auf und Elian wirft einen wütenden Blick zu Roman. »Das ist wirklich der größte Psycho der Sombras und das will etwas heißen. Alena hat mir gesagt, dass er sich seit ihrer Entführung noch mehr geändert hat und es nur so ist, weil er das, was ihr passiert ist, nicht verkraften kann. Ich versuche, mir das immer wieder ins Gedächtnis zu rufen, doch ich kann trotzdem nicht garantieren, dass er sich nicht bald eine richtige Kugel von mir einfängt.«

Vidal lehnt sich zurück. Alejandro kommt nach vorn, um noch besser sehen zu können und stellt sich neben sie. »Das wird dir Alena nie verzeihen, du musst versuchen, mit Roman klarzukommen oder lernt, euch zu ignorieren.«

Alejandro hat ihr Gespräch zum größten Teil mitbekommen.

»Roman wird sich daran gewöhnen, uns bleibt auch nichts anderes übrig. Natürlich, ihr beide kennt unsere Regeln, das ist etwas anderes als bei Belinda, doch am Ende hast du Alena geheilt und sie gerettet und wir haben dich gebeten, bei ihr zu bleiben für die Heilung. Es ist gut, dass sie wieder jemanden so nah an sich heranlässt und mit eurer Familie haben wir nun so oder so zu tun, ich denke, ganz so schlimm wie ihr es befürchtet habt, sehen wir das nicht, zumindest alle anderen außer Roman.«

Elian sieht auch zur Insel und da sie auf einem Schnellboot sind, nähern sie sich nun immer mehr und man erkennt etwas. »Ich sehe sie.« Er steht auf und stellt sich zu Alejandro. Tatsächlich sieht man jemanden am Strand sitzen und Anibal, der im Sand herumtollt. »Es geht ihr gut.«

All das was gerade passiert ist, ist in dem Moment vergessen, als er erkennt, wie Alena am Strand sitzt und ihnen entgegensieht. Sie scheint in Ordnung zu sein, zumindest sieht es so aus. Es breitet sich eine ungeheure Erleichterung in ihm aus, die ganze Zeit, als sie hergefahren sind und auch schon im Auto kamen ihm die Bilder, wie er sie aus dem Affenhaus befreit hat, wieder hoch und er ist einfach nur froh, dass sie in Ordnung zu sein scheint.

Das Meer ist heute unruhiger als sonst und es ist nicht so leicht, das Boot nah an den Strand zu bringen. Alejandro und Vidal steigen vorher aus und machen das Schiff fest, aber als Anibal dann freudig an ihnen hochspringt und Alena immer noch sitzen bleibt, ahnt Elian, dass doch etwas nicht stimmt.

Ponce hat zwei Wasserflaschen dabei und gibt dem Hund Wasser, während Roman die andere nimmt und als Erstes bei Alena ist, trotz seiner Verletzung am Bein. Sie wissen nicht, wie lange sie bereits genau hier sind, aber die beiden werden sicher Durst haben.

Elian versucht, Alena ins Gesicht zu sehen und als die grünen Augen ihn fragend anblicken, bemerkt er, dass sie ihretwegen unsicher ist. Sie weiß, dass nun alles raus ist und sieht schockiert zwischen dem Bein ihres Bruders und seinem Arm hin und her.

»Was tust du hier, Alena?« Roman kniet sich hin und gibt ihr das Wasser, was sie auch gleich öffnet und daraus trinkt.

»Wieso seid ihr beide verletzt? Ich … Es tut mir so leid, ich dachte, es wäre eine gute Idee, herzukommen und endlich einen kompletten Schlussstrich zu ziehen. Ehrlich gesagt ging es sogar besser als ich dachte. Mir hat das alles zwar Angst gemacht, doch ich konnte dank Anibal gut damit umgehen. Als ich aber wieder zurück zum Strand kam, war das Schiff weg. Durch das unruhige Meer und die Wellen muss es davongetrieben sein. Ich habe es wahrscheinlich nicht fest genug angebunden.

Vor einer Stunde ist ein Touristenschiff hier vorbeigefahren, das habe ich leider verpasst, wahrscheinlich ist es zu einer anderen Insel gefahren, ich wollte darauf warten, dass sie zurückfahren und mich dann entdeckt hätten, aber ihr habt mich ja zum Glück vorher gefunden … Also, wieso seid ihr beide verletzt?«

Elian ist nun auch bei Alena, es interessiert ihn nicht mehr, was die anderen denken oder sagen, er hatte Angst um sie und kniet sich auch zu ihr, dabei gibt er ihr einen Kuss auf den Mund, was Roman wütend auffluchen und Alena einen Moment zusammenzucken lässt. Elian setzt sich zu ihr in den Sand.

»Es ist nichts Schlimmes, dein Bruder weiß jetzt, dass wir zusammen sind. Was ist mit deinem Fuß passiert?« Ihr Fuß scheint verletzt zu sein. Alena sieht verwirrt zwischen den beiden hin und her. »Habt ihr euch … angeschossen?«

Roman nimmt Alenas Fuß in seine Hand. »Ich wollte ihn erschießen, hat leider nicht so geklappt, wie ich es gehofft habe, in was bist du getreten?«

Alenas Fuß ist mit einer weißen Bluse umwickelt, als Roman diese jetzt öffnet, sieht man eine tiefe Wunde an der Sohle.

»Ich bin ein wenig tiefer auf die Insel gegangen. Ich habe das Kloster gefunden, es ist immer noch alles dort voller Blut, die Nonnen sind nicht mehr da, aber sonst ist alles so, als wäre all das erst gestern passiert. Ich habe einige Sachen gefunden in einer Holzhütte, die als Einziges noch zwischen mehreren gestanden hat, die abgebrannt sind. Außerdem habe ich auch einige Papiere und zwei Koffer mit Geld gefunden. Es sieht so aus, als hätten Suerte und die anderen die Insel weiter als Versteck genutzt, weil niemand mehr hergekommen wäre. Im Kloster bin ich gestolpert, habe einen Schuh verloren und bin dann in Scherben getreten, da ist einiges zerstört, doch die Insel ist trotzdem leer. Anibal hat kein einziges Mal angeschlagen.«

Vidal, Alejandro und die anderen nicken und sehen durch die Bäume.

»Lasst uns trotzdem alles noch einmal richtig absuchen und dann bringen wir dich zu einem Arzt. Warte hier so lange.« Elian bleibt bei Alena sitzen, die anderen schaffen das auch ohne ihn. Roman sieht vernichtend zu ihnen hinab, als er aufsteht, er will den Männern hinterherlaufen, doch Alena ruft ihn zurück.

»Roman.«

Ihr Bruder hält ein und sieht zu ihr hinunter.

»Es tut mir leid. Ich weiß, dass wir beide uns nicht anlügen, doch ich habe mich nicht getraut, es dir zu sagen. Du bist so bestimmend über mich, seit Papa nicht mehr da ist und noch mehr seit der Sache mit der Entführung, doch ich bin jetzt eine erwachsene Frau und kann meine eigenen Entscheidungen treffen. Das Schlimmste ist, dass ich weiß, dass wenn ich unter normalen Umständen zu dir gekommen wäre und dir gesagt hätte, dass ich einen Mann getroffen habe und er mich unglaublich glücklich macht, du dich für mich gefreut hättest.

Hätte ich gesagt, dass ich mich wohl bei ihm fühle, er auf mich aufpassen kann und ich am liebsten jede Sekunde mit ihm zusammen wäre, hättest du mir nicht im Weg gestanden und nur, weil ich dazu sagen muss … er ist ein Puentes, ändert das alles? Auch jetzt noch? Nach Vidal und Belinda? Du warst doch dabei, als Elian und ich zusammengefunden haben, hast gesehen, wie tief unsere Bindung von Anfang an war, vergiss doch einfach diesen kleinen Zusatz Puentes und freue dich für deine Schwester.«

Roman sieht Alena unbeirrt in die Augen. Elian hält sich zurück, das ist eine Sache zwischen den beiden Geschwistern.

»Ich kenne die Feindschaft und ich erwarte auch nicht, dass du ihn umarmst und sofort in der Familie willkommen heißt, doch ich erwarte von dir, dass du ihn nicht versuchst zu töten, Roman.«

Er atmet tief aus und hebt die Hände.

»Das ist aber auch das Einzige, was ich dir jetzt versprechen kann, ich werde ihn nicht töten.«

Elian lacht leise auf und Alena legt den Kopf schief.

»Okay … das ist ein Anfang.«

Er will weiter, doch Alena möchte wirklich nicht, dass das zwischen ihr und ihrem Bruder steht. »Ich liebe dich.«

Roman sieht ihr noch einmal in die Augen, und das ist der Moment, in dem Elian weiß, dass auch sie beide sich nicht ewig hassen werden, vielleicht werden sie keine besten Freunde, doch sie müssen miteinander zurechtkommen, für Alena. Er erkennt in Romans Augen genau die tiefe Liebe, die auch er für sie empfindet.

Er murmelt ein leises 'ich dich auch', sie alle wissen, dass es so ist und diese Gemeinsamkeit wird Roman und ihn am Ende aufeinander zugehen lassen.

Erst als ihr Bruder den anderen hinterhergelaufen ist, legt Elian den Arm um Alena und küsst sie noch einmal.

»Ich habe mir wirklich Sorgen gemacht, wenn du noch einmal irgendetwas in dieser Art vorhast, sag es mir.«

Er meint das ernst, Alena aber lächelt und schmiegt sich an ihn.

»Du musst auch zum Arzt, zusammen mit meinem Bruder, ihr seid verrückt, sieh dir doch mal deine Wunde an. Wie kam es dazu?«

Elian lacht leise. »Mach dir darüber keine Gedanken. Roman und ich klären das schon. Das ist es wert, jetzt neben dir zu sitzen und dass dieses ewige Versteckspielen ein Ende hat.«

Alena überlegt einen Augenblick und atmet dann aus.

»Das bedeutet, dass ich nachher mit zu dir kann, ganz offiziell. Meine Mutter mag dich und sie ahnt, denke ich, seit einer Weile schon etwas und auch kein anderer kann etwas sagen. Ich bin alt genug und nun weiß jeder was los ist. Morgen früh können wir mit Vidal und Belinda frühstücken, ich hätte niemals geglaubt, dass das so schnell kommen wird.«

Alena strahlt ihn an und er nickt nur. Er bringt es nichts übers Herz, sie zu enttäuschen. Er küsst ihre Wange, er weiß nicht, ob all das wirklich so leicht wird, wie sie jetzt denkt, doch vielleicht hat das zwischen Vidal und Belinda ihnen doch schon mehr Türen geöffnet, als er es geahnt hat. Das größte Problem ist Roman, doch er liebt Alena so sehr, dass er sie nicht verletzten möchte. Sie werden es auf sich zukommen lassen müssen, doch er wird dafür kämpfen, dass ihnen keiner mehr Steine in den Weg legt.

Das hier wird er nicht mehr aufgeben und er ist dankbar, dass das nun auch alle wissen.

Ponce ist müde, als er mit Alejandro wieder in die Cuidad einfährt. Roman ist im Krankenhaus, er kann aber heute noch nach Hause. Der Tag war wieder ein weiterer Beweis für ihr anstrengendes Leben.

Von außen sieht das Ganze vielleicht ziemlich einfach und bequem aus. Sie haben viel Geld, hübsche Häuser, schnelle Autos, die schönsten Frauen und die wildesten Partys, doch was für ein Leben sie dafür führen, kann keiner, der nicht hier lebt, wirklich nachvollziehen.

Man weiß nie, was einen erwartet. Ponce weiß morgens nicht, was ihm heute alles seine Pläne durchkreuzt. Wer sich mal wieder querstellt, ob der Geschäftspartner, der auf sie wartet, sie vielleicht nur reinlegen möchte; er liebt diesen Luxus, das Leben und die Macht, die sie haben, doch sie zahlen dafür auch einen hohen Preis. Sie haben mehr Feinde als Freunde und überall könnte jemand mit einer Kugel auf sie warten.

Es strengt an, dieses Leben, so sehr er es liebt, und als er neben Alejandro die Knochen knackt, spürt er das wieder einmal.

»Soll ich dich rauslassen?«

Alejandro fährt langsamer, als sie an Alinas Haus vorbeikommen und sie aufsteht. Sie saß wie so oft auf der Veranda und hat gelesen und sieht nun zu ihnen.

»Ja ...«

Ponce sieht Alejandro einen Moment in die Augen.

»Diese verdammten Puentes.«

Alejandro lacht kurz auf und klopft seinem Bruder auf die Schultern. »Wir werden lernen müssen, sie als mehr als nur das zu sehen, ich denke aber mittlerweile auch, dass es Schlimmeres gibt. Ruh dich ein wenig aus, das war ein langer Tag.«

Ponce nickt nur, er glaubt nicht, dass das so einfach geht, wie Alejandro sich das vorstellt, doch er wird das jetzt sicherlich nicht mit ihm ausdiskutieren.«

Alina bleibt auf der Veranda, als er zu ihr kommt.

Sie haben seit der Hochzeit einige Zeit miteinander verbracht. Ponce hat sie zu den Therapien gebracht, sie waren essen und haben sich zusammen Filme angesehen. Sie küssen sich und kommen sich auch so immer näher.

Er weiß nicht, ob das, was da zwischen ihnen ist, jemals so fest wird wie das zwischen Lilly und Santos, doch er mag Alina sehr, mehr als das und er fühlt sich wohl.

»Hi, wie geht es Alena?« Ponce gibt Alina einen Kuss auf den Mund.

»Es ist alles in Ordnung, sie ist mit Elian zum Arzt gefahren. Langsam wird hier alles immer verrückter.«

Er geht zusammen mit ihr ins Haus. Die ganze Zeit war er aufgebracht. Erst hat er sich Sorgen um Alena gemacht, dann war er wütend wegen der Puentes und Elian, dann wieder die Sorge. Als sie dann auf der Insel waren, war es eine Mischung aus Enttäuschung und Ekel, sie haben tatsächlich noch einiges dort gefunden und Ponce hat gemerkt, dass der Verrat durch Suerte ihm noch ganz schön in den Knochen steckt.

Ständig reden sie auf die Frauen ein, sie sollen sich helfen lassen und über alles, was vorgefallen ist, sprechen, doch sie selbst sind die Meister im Verdrängen.

Alejandro und er waren gerade bei einer Baufirma, die morgen anfangen wird, alles auf der Insel abzureißen und sie völlig plattzumachen. Sie werden dieses Mal alles selbst überprüfen.

Doch egal was für ein Gefühlschaos die ganze Zeit in ihm herrschte, hier und jetzt lässt das nach. Er atmet ein und genießt die Ruhe, die sich über ihn legt.

Auf Alinas weicher Couch setzt er sich hin und lehnt sich zurück.

»Möchtest du etwas essen? Etwas trinken, ich könnte …?«

Ponce greift nach ihrer Hand und zieht sie auf seinen Schoß. Alina lacht überrascht auf. Ponces Hand geht an ihre Wange, ihre dunklen Haare umspielen seine Hand und er sieht ihr ins Gesicht, bevor er ihren Kopf an seine Brust legt, tief durchatmet und ihren Geruch tief in sich aufnimmt.

»Nein, es ist alles gut. Ich habe alles, was ich brauche.«

Er schließt einen Moment die Augen und spürt Alinas Lippen an seiner Schulter. Ponce weiß, dass das hier die Ruhe und Ausgeglichenheit ist, die er in seinem Leben gebraucht hat.

»Was für ein beschissener Tag.«

Roman lehnt den Kopf nach hinten. Er wird müde. Langsam weicht das Adrenalin aus seinem Körper, seine Wunde wurde verarztet, er hat Schmerzmittel bekommen und geht bald wieder nach Hause. Die Ärzte wollen nur noch einmal die Röntgenbilder auswerten, ob sich nicht irgendwelche Splitter gelöst haben.

»Hast du Schmerzen?« Emilia sitzt an seinem Bett, seine Mutter war auch gerade da und ist jetzt im anderen Raum bei Alena und Elian.

»Nein.« Er sieht Emilia in die Augen, die ihn schon die ganze Zeit mit einem undefinierbaren Blick ansieht. Sie ist ein sehr ruhiger Mensch, zurückhaltend, doch Roman merkt, dass je näher sie sich kommen, desto offener wird sie zu ihm. Er liebt das, er genießt es, zu spüren, dass sie ihm vertraut, doch ihm ist auch klar, dass sie das, was er getan hat, nicht gutheißen wird.

»Du bist sehr impulsiv.«

Eine bescheidene Feststellung. »Nur bei Sachen, die ich liebe.« Emilia nickt. »Ich weiß nicht, wie … es ist komisch für mich zu wissen, dass ich nie wirklich sicher sein kann, wenn du weggehst, ob du gesund nach Hause kommen wirst oder ob es irgendetwas geben wird, was dich sauer macht.«

Roman sieht ihr weiter in die Augen. Er hat sich auch gerade schon etwas von seiner Mutter anhören müssen, dann lässt er das jetzt auch zu.

»Ich bin wie ich bin, Emilia, und wir alle stehen immer unter Beschuss, so ist unser Leben.«

Sie nickt und rückt noch näher zu ihm.

»Ich weiß, Roman, und ich habe auch gemerkt, dass du ruhiger geworden bist. Als ich dich die ersten Male gesehen habe, hatte ich Angst vor dir. Du warst wie ein Raubtier, das angeschossen wurde, so wütend, so aufgebracht, so voller Hass. Nach und nach hat sich das gelegt, je mehr du gemerkt hast, dass es Alena wieder besser geht und ich habe diese andere Seite an dir bemerkt.«

Sie schließt die Augen, als hadere sie mit sich, doch dann sieht sie ihn erneut an.

»Ich habe mich in dich verliebt, in diese sanfte und liebevolle Art, die du haben kannst, auch in das Wilde und Ungestüme, doch jetzt habe ich wieder Angst, Angst, dass dich diese Unbeherrschtheit wieder von mir reißen wird.«

Roman räuspert sich, er hat mit diesem Geständnis nicht gerechnet. Er zieht sie näher an sich und gibt ihr einen Kuss auf die Stirn. »Das wird es nicht, Emilia, ich habe mich eigentlich besser unter Kontrolle, doch wenn es um Alena geht, klappt bei mir oft ein Schalter um, der ...«

Sie lächelt mild.

»Das weiß ich und das verstehe ich. Wenn sie verschwindet, wenn ihr jemand etwas tut, all das verstehe ich vollkommen, doch alles, was jetzt gerade ist, ist die Tatsache, dass sie sich verliebt hat. Ich weiß, dass Elian nicht deine erste Wahl für deine Schwester ist, doch ich glaube auch, dass wenn du dir seinen Nachnamen wegdenkst, du vielleicht gar nicht mehr so denken würdest.«

Roman kann es nicht mehr hören, auch seine Mutter hat so etwas gesagt.

»Das denke ich weniger.«

Emilia lächelt noch immer und küsst seine Wange.

»Sagen wir es so: Ich hoffe einfach, dass die Liebe zu deiner Schwester den Hass auf die Puentes übersteigt. Hass kann nur mit Liebe besiegt werden.«

Ohne auf eine Antwort von ihm zu warten, küsst sie ihn richtig und lenkt ihn so von dem Tag und allem drumherum ab, und vielleicht hat sie ja recht und Roman hat die Macht der Liebe wirklich unterschätzt - in allen Bereichen.

April lacht laut auf.

»Du hörst dich wie ein kleiner eingeschnappter Junge an. Alena geht es gut, das ist die Hauptsache, der Rest wird sich finden. Was hältst du davon, wenn wir beide einfach mal mit Vidal und Belinda essen gehen, wenn ich das nächste Mal da bin? Das wäre ein großer Schritt in die richtige Richtung.«

Sie braucht Alejandro nicht einmal vor sich zu sehen, um zu wissen, dass er das nicht gut findet, doch er lenkt ab.

»Ich bin nächste Woche für zwei Tage in San Diego und in Mexiko. Soll ich dich vorher abholen und wir verbringen dort ein paar Tage?«

Allein bei der Vorstellung kribbelt alles in ihr.

»Ich spreche mit meiner Aushilfe, ich denke, das könnte klappen.«

Sie sieht zu der Kundin, die schon eine Weile in der Umkleide ist und eine Menge Teile anprobieren wollte.

»Sie löst mich in einer Stunde ab, dann sage ich dir Bescheid, ich rufe dich nachher nochmal an. Bis später. Ich liebe dich.« Sie legt auf und liest noch schnell die Nachricht, die zwischenzeitlich eingetroffen ist, von ihrer Aushilfe, ob sie ihr etwas vom Inder mitbringen soll.

April antwortet ihr, sie hört die Klingel der Ladentür und blickt auf und direkt in das Gesicht eines jungen Mannes mit eiskalten hellblauen Augen. Er ist so schnell bei ihr, dass April nur noch bemerkt, dass er sehr heruntergekommen aussieht.

Einen Moment denkt sie daran, dass es vielleicht der Freund der Dame in der Umkleide ist, doch dann zieht der Mann eine Waffe.

»Alles Geld, schnell!«

April stockt, ihr Herz beginnt zu rasen, verdammt! Sie sieht aus dem Augenwinkel, wie die Frau aus der Kabine kommt und laut aufschreit. Der Mann flucht und schießt in ihre Richtung.

»Nein, nein, ich habe nicht viel, es waren heute noch nicht so viele Einnahmen.« Sie öffnet die Kasse und holt die zweihundert Dollar in Scheinen heraus und reicht sie dem Mann schnell.

Jetzt bemerkt sie, dass seine Augen komplett glasig sind und er sich ganz zuckend und hektisch bewegt, er muss völlig unter Drogen stehen. April sieht schnell zu der Frau, die am Boden liegt, sie weiß nicht, wo sie getroffen wurde, doch sie ist ganz ruhig, das ist ein Alptraum.

»Du verdammte Nutte, willst du mich verarschen?« Er steckt das Geld ein und sieht sich nach etwas um, vielleicht einem Tresor oder ähnlichem und diese Zeit nutzt April, um auf den kleinen roten Knopf zu drücken, der letzte Woche hier angebracht wurde, ein

Sicherheitsknopf, man muss dreimal lang pressen und die Polizei wird verständigt.

April tut das, doch nicht schnell genug. Der Mann sieht wieder zu ihr und erkennt, was sie tut.

»Was zur Hölle denkst du, wer du ist, du ...«

Sie sieht in die Mündung der Waffe und dann ist alles schwarz.

Kapitel 16

Es ist warm in Portland, ungewohnt warm für diese Jahreszeit.

Belinda atmet tief ein, tief aus, versucht sich an das zu halten, was die Ärzte ihr gesagt haben, doch es funktioniert nicht.

Alles verschwimmt vor ihren Augen und sie versucht klar zu denken.

Sie lebt in Puerto Rico in einer Familia. Sie hat in den letzten Monaten so vielen Gefahren und Ängsten gegenübergestanden, sie führen solch ein außergewöhnliches Leben, dass sie an andere Gefahren gar nicht mehr gedacht hat.

April ist erschossen worden, am frühen Abend in ihrem Laden, den sie gerade erst einbruchsicher gemacht hatte. Sie und eine Kundin sind eiskalt umgebracht worden und das für wenige hundert Dollar, die in der Kasse gefehlt haben.

Belinda kann sich an die ersten Stunden, als sie das von der Aushilfe aus Aprils Laden erfahren hat, kaum erinnern. Sie weiß, dass sie zusammengebrochen und in der Klinik aufgewacht ist. Ihr Vater und Vidal waren bei ihr, sie konnte nicht denken, nicht handeln oder auf irgendetwas reagieren.

Sie hat ihre beste Freundin verloren, von einer Sekunde auf die andere. Es ist jetzt fast eine Woche her und Belinda hat seitdem keine zehn Worte gesprochen. Sie kann nicht, sie hat keine Worte für das, was sie fühlt.

Nur weil die Ärzte sie nicht fliegen lassen wollten, hat es so lange gedauert, bis sie hier war, doch jetzt merkt sie, dass sie gar nichts tun kann. Aprils Mutter und ihr Bruder sind da, sie hat beide umarmt, auch ihnen sieht man an, dass sie viel geweint haben, aber auch sie scheinen das noch nicht zu begreifen.

Belinda sagt sich immer wieder, dass April tot ist, doch innerlich denkt sie, dass sie sicher bald um die Ecke kommen und sie anlächeln wird. Sie sieht auf das große Bild, was von ihr aufgestellt wurde, es ist ein altes Bild, das April lächelnd mit einigen Rosen im Arm zeigt. Sie ist wunderschön, wie immer, doch Belinda weiß, dass sie das Bild niemals hier haben wollen würde, sie hätte tolle Bilder von April gehabt, aber was macht das jetzt noch aus?

Belinda hat mit niemandem gesprochen, doch sie hat sich von Vidal halten lassen.

Er ist seit der Nachricht von Aprils Tod nicht eine Minute von ihrer Seite gewichen. Er war die ganze Zeit da.

Auch jetzt steht er neben ihr und hält ihre Hand. Belinda blickt sich um, sieht Aprils Mutter an, ihren Bruder und dessen Freundin, ihre alten Freundinnen sind da, außerdem einige Leute aus ihrem Bekanntenkreis; die Aushilfe, die April gefunden hat, steht weinend an der Seite.

Sie blickt zu ihrem Vater, Alena und Elian, Ponce, Dante und Camilla, Santos und Lilly, sie alle sind gekommen, weil auch sie April kennen und lieben gelernt haben und weil sie bei Belinda sein wollen in dieser schweren Zeit. Roman und die anderen sind nur in Puerto Rico geblieben, weil jemand dort bleiben musste, doch sie alle waren vorher bei ihr und haben mit ihr gesprochen.

Sie hat mit keinem geredet, nicht einmal mit Alejandro.

Belinda atmet erneut tief ein und aus, damit dieses Gefühl, von innen zu zerreißen vergeht und die Tränen aufhören, doch es funktioniert nicht. Der einzige Grund, warum sie nicht nochmal zusammenbricht, sind die Babys in ihrem Bauch, auch jetzt muss sie dafür sorgen, dass es ihnen gut geht, doch allein der Gedanke an ihren Bruder wühlt Belinda noch mehr auf.

Sie war nicht da, als er es erfahren hat, sie weiß noch nicht einmal genau, wer es ihm gesagt hat, sie hat es vor ihm erfahren und wurde in die Klinik gebracht.

Ponce hat ihr erzählt, dass er Alejandro noch niemals so erlebt hat, und er hat ihn in wirklich vielen Situationen gesehen. Er ist völlig ausgerastet und sofort nach Portland geflogen, doch er hat wahrscheinlich das erste Mal in seinem Leben wirklich gespürt, dass auch seine Macht, die Macht einer der mächtigsten Männer Puerto Ricos, hier ihre Grenzen hat.

Er konnte nichts tun. Es gibt keine Hinweise, wer das war.

Er, der immer alles im Griff hat, der alles tut, um seine Familie zu schützen, musste der harten Realität ins Auge sehen, dass man über gewisse Sachen einfach keine Kontrolle hat, dass wenige Sekunden alles ändern. Er hat zwei Tage in Portland verbracht, wohl in Aprils Wohnung, aber genau weiß das keiner, er hat alle weggeschickt.

Dann ist er nach Puerto Rico gekommen und an ihr Bett, hat sie wortlos in den Arm genommen, gesagt, dass er sie liebt und sie an die Babys denken soll und ist wieder gegangen. Er hat mit Ponce und Santos gesprochen und ihnen gesagt, dass er einige Zeit für sich braucht und sie sich um alles kümmern sollen. Er hat nicht einmal mit ihrem Vater darüber gesprochen.

Seitdem ist er weg, keiner weiß wohin. Irgendwie kann Belinda ihn sogar verstehen, sie kann nicht einmal auf das Grab sehen, doch sie hatte gehofft, dass er wenigstens hierher kommen würde. Sie beide haben April sehr geliebt.

Der Priester spricht ein weiteres Gebet und sieht erneut in die Runde.

»Auch wenn es noch so schwer ist, das zu akzeptieren, der Tod gehört zum Leben wie die Geburt, doch es ist sehr schmerzhaft, wenn insbesondere so junge gesunde Menschen von uns gerissen werden, ohne dass wir uns verabschieden können. Oft ist es schwer, das zu verkraften, doch der Glaube ...«

Belinda hört nicht mehr zu, sie schafft es nicht. Sie sieht auf das Grab ihrer Mutter und ihrer Tante, ihr Vater hat auch dort schöne Blumen pflanzen lassen, Belinda hat daran nicht gedacht, an nichts. Die Beerdigung ist sehr passend, viel schöner als die ihrer Mutter und ihrer Tante damals und Belinda ist sich sicher, dass sie das ihrem Vater zu verdanken hat, sie wünschte, sie wäre in der Lage, irgendwie zu reagieren, doch es geht nicht.

Der Sarg ist schon in die Erde gelassen, Belinda hat es nicht geschafft, so nah heranzugehen und als der Priester nun Erde in die Hand nimmt und sie darauf fallen lässt, geht sie einige Schritte zurück.

»Nein!«

Sie flüstert nur, doch alle sehen zu ihr. Der Priester bekreuzigt sich und wirft erneut Erde auf das Grab, Belinda dreht sich und geht mit schnellen Schritten vom Friedhof. Sie kann das nicht, sie weiß, dass sie versuchen sollte, stark zu sein, doch sie kann es einfach nicht.

Sie spürt jemanden hinter sich und dann Vidal neben sich. »Wohin willst du? Versuch dich zu beruhigen und lass uns …« Belinda hebt die Hand. »Nein!« Sie hat nicht viel mehr in den letzten Tagen gesagt und sie sieht Vidal an, wie sehr ihn das quält, sie so zu sehen, doch sie hat keine Kraft, ihm vorzuspielen, all das hier wäre in Ordnung.

Er nickt nur und geht neben ihr die Straßen entlang. Belinda kennt sich hier gut aus, hier haben sie alle gelebt und gewohnt und es dauert nur wenige Minuten und sie steht vor Aprils Laden. Es ist alles abgesperrt, doch sie reißt die Bänder weg und schließt das Geschäft auf.

Sie hatte immer einen Schlüssel. »Belinda, ich denke nicht, dass …« Ein merkwürdiger Geruch schlägt ihnen entgegen. Es riecht nach Medizin und Substanzen, die vielleicht zur Spurensicherung gebraucht wurden.

Sie stockt, bei den Kabinen sieht sie einen tiefen roten Fleck auf dem Holz, sie sieht zur Kasse, sie weiß, dass dort April ihr Leben verloren hat. Sie geht dorthin und findet eine to do-Liste auf der Theke.

April hat die ständig geführt und ihr geraten, das auch zu tun. Es steht nur eine Zeile darauf: Babygeschenke kaufen. Belinda schließt einen Moment die Augen, dann sieht sie auf einen großen Fleck auf dem Boden und blickt auf die Wand hinter der Kasse, die über und über mit Blut bespritzt ist.

Sie spürt das Holz unter ihren Knien, als sie zu Boden geht und sie hört den Schrei, der aus ihrem Hals rinnt, fühlt Vidals Arme um sich und seine Lippen an ihren Haaren und da begreift sie es wirklich.

April ist tot. Sie hat ihre beste Freundin und den Menschen, den sie so sehr liebt, für immer verloren.

Kapitel 17

Einige Monate später …

»Wie du das nur schaffst, ich habe das Gefühl, ich sollte mich nicht mehr bewegen.«

Belinda lacht und geht in die Küche. Sie holt Vanilleeis und Erdbeeren aus dem Kühlschrank und der Gefrierbox und mehrere Schüsseln.

Anibal läuft neben ihr her.

Sie ist seit heute in der 37. Woche. Die Ärzte haben schon viel früher mit der Geburt gerechnet. Sie haben immer wieder wegen eines Kaiserschnittes mit ihr gesprochen, doch Belinda möchte erst einmal alles so natürlich wie nur möglich halten, so lange es die Kinder nicht gefährdet.

Alle haben sich Sorgen gemacht, weil es Belinda nach Aprils Tod lange Zeit sehr schlecht ging. Sie hat sich nur sehr schwer wieder aufgerappelt. Camilla, Lilly, Alena, Emilia und auch die Frauen der Puentes haben ihr dabei geholfen und mittlerweile, wenn sie traurig an April zurückdenkt, sieht sie in den Himmel und redet sich ein, ihre beste Freundin würde ihr von oben zusehen. Das ist der einzige Trost, der ihr bleibt.

Wenn sie darüber nachdenkt, hat sie mittlerweile bildlich vor Augen, wie April, ihre Mutter und ihre Tante zusammen vom Himmel lachen und ihr dabei zusehen, wie ihre Babys in ihrem Bauch wachsen. Das hilft ihr sehr weiter.

Auch dass sich alles hier so positiv entwickelt hat, lässt sie wieder freier durchatmen.

Es hat gedauert, doch so langsam haben sich alle mehr oder weniger an diese neue Situation hier gewöhnt.

Man kann nicht davon sprechen, dass die Puentes und die Sombras sich zusammengeschlossen haben oder zusammenarbeiten, das nicht, doch sie sind auch keine Feinde mehr.

Die alten Gefühle und Erlebnisse wird es weiter geben und sie trauen sich noch immer nicht komplett über den Weg, doch sie akzeptieren die anderen so weit, dass sie sich die Hand reichen und normal miteinander sprechen.

Die Schwangerschaft von Belinda und nun auch die Beziehung zwischen Alena und Elian haben all das ins Rollen gebracht. Roman hat sich am schwersten getan, diese Liebe zu akzeptieren, alle anderen haben sich durch Vidal und Belinda schon an den Gedanken gewöhnt.

Emilia hat viel dazu beigetragen, dass man nun sagen kann, die Beziehung zwischen Elian und Roman ist entspannt. Es wird sicherlich nicht so sein, dass sie sich mal lachend im Arm liegen werden, doch sie begrüßen sich und versuchen, sich nicht zu erschießen, das sind Fortschritte, die man hier zu schätzen weiß.

Nächste Woche haben Emilia und Alena ein Abendessen zusammen geplant und alle sind gespannt, wie das ablaufen wird, doch Romans Freundin hat einen sehr guten Einfluss auf ihn. Sie sind ein süßes Paar, ihr temperamentvoller Cousin scheint endlich etwas gemäßigter zu sein.

Das Gleiche gilt auch für Ponce und Alina, es ist schön, die beiden so glücklich zu sehen. Sie waren vor zwei Tagen bei Vidal und ihr frühstücken, die Woche zuvor waren Lilly und Santos bei ihr, die seit ihrer Hochzeit nur noch glücklicher wirken. Lilly und Emilia besuchen nun zusammen die Universität und sie alle kümmern sich weiter um das Center, das ihnen sehr am Herzen liegt.

Belinda ist fast jeden oder jeden zweiten Tag bei ihrem Vater, der als Einziger bisher noch nie einen Schritt in das Puentes-Gebiet gesetzt hat, doch er hat ihr versprochen zu kommen, wenn die Babys da sind und sie die ersten Tage im Bett bleiben soll.

Ihre Tante wiederum ist ständig hier. Sie hat weniger Probleme als alle anderen damit. Sie hat Elian von Anfang an gemocht und besucht Alena oft hier, die auch sehr viel Zeit bei Elian verbringt. Belinda genießt es, sie alle ständig um sich herum zu haben.

Gerade sind Camilla, Alena, ihre Tante und Vidals Mutter hier. Seine Eltern sind auch öfter in der Cuidad, besonders die Mutter kommt regelmäßig zu Besuch. Mit dem Vater sind sie alle noch nicht richtig warm geworden, doch Belinda hofft, dass sich das verbessert, wenn die Babys erst da sind.

Nun warten alle auf ihre Zwillinge und auf Camillas Sohn. Es ist schön, dass sie das zusammen erleben können. Auch dass Alena und sie sich in den letzten Wochen noch so viel näher gekommen sind, genießt Belinda sehr.

Sie hat ihr anvertraut, dass sie nach der Befreiung von Benjamin gar nicht darüber nachgedacht hat, je eine normale Beziehung führen zu können. Deswegen war es ihr egal, ob sie noch Kinder bekommen konnte oder nicht, doch je fester die Bindung mit Elian wird, desto mehr macht sie sich nun auch in dieser Richtung Gedanken.

Sie hat sich von den Spezialisten, die gerade eh wegen Belinda und nun auch Camilla hier sind, untersuchen lassen und sie haben ihr versichert, dass sie trotz all der Verletzungen, die sie damals hatte, noch in der Lage ist, Kinder zu bekommen, und sie ist dankbar dafür, auch wenn Elian ihr versichert hat, dass es ihm nicht wichtig ist. Er liebt sie und möchte sie an seiner Seite haben, egal was das sonst bedeuten würde.

Im Grunde ist alles so eingetreten, wie sie alle sich das gewünscht haben, außer dass nicht mehr alle an ihrer Seite sind, die bei ihnen sein sollten.

Sie haben April für immer verloren, doch auch Alejandro ist weg. Er ist nicht mehr hier gewesen seit ihrem Tod und der ist nun schon einige Wochen her. Sie hören hier und da etwas von ihm, doch er fragt immer nur nach, ob alles in Ordnung ist. Sie wissen nicht, wo er ist, noch was er macht und auch nicht, wann er zurückkommt.

Man kann ihm Nachrichten schicken, was sie alle tun, täglich, doch nur selten meldet er sich zurück oder ruft an.

Belinda schreibt ihm täglich, was sie gemacht hat, wie es ihr geht und dass sie ihn vermisst, denn das tut sie. Auch wenn sie ihre anderen beiden Brüder und ihren Vater noch hier hat, wird Alejandro immer etwas ganz Besonderes für sie sein und sie möchte ihn nicht auch noch verlieren.

Ihre größte Stütze jetzt und auch schon die ganze andere Zeit ist Vidal.

Belinda weiß nicht, wie sie sich die perfekte Liebe vorgestellt hat. Wie wahrscheinlich jedes Mädchen und jede Frau, durch Filme und Geschichten geprägt, sie hat sicher nicht an das gedacht, wie die Liebe zwischen Vidal und ihr angefangen hat, durch diese schreckliche Zeit, die sie gehen mussten, um jetzt endlich zusammenzuleben und miteinander aufzuwachen.

Sie liebt es, sie liebt es, abends mit ihm zusammen Serien zu sehen oder Filme, in seinen Armen einzuschlafen und wie er sich ständig um sie sorgt. Wie er sie zum Lachen bringt, wie er glücklich lächelt, wenn er nach Hause kommt und sie für sie beide gekocht hat und auf ihn wartet. Wenn sie etwas Neues im Haus verändert hat und das Haus Stück für Stück zu ihrem gemeinsamen Haus gemacht hat. Wenn sie abends zusammensitzen, mit Elian und Alena oder seinen Eltern und er sie glücklich im Arm hält, all das hätte sie sich in ihren schönsten Träumen nicht ausmalen können. Er ist ihr Glück geworden und sie kann es nicht erwarten, bis ihre beiden Engel dieses Glück vervollständigen.

Vidal und Elian betreten nun auch das Sombras-Gebiet.

Elian hat immer mal wieder Alenas Mutter nach Hause gebracht oder irgendetwas transportiert und auch Vidal hat Belinda hingebracht oder abgeholt. Als sie zwei Tage wegen starker Übelkeit dort geschlafen hat, nachdem die beiden Zwillinge plötzlich einen großen Wachstumsschub gemacht haben und sie nur im Bett geblieben ist, hat er sogar bei ihr im Loft geschlafen.

Belinda ging es wirklich schlecht, sie weiß nicht, ob er gut geschlafen hat, es war sicherlich komisch für ihn und auch für ihren Vater, der mit im Haus war, doch sie haben es für Belinda getan.

Ihr Vater und ihre Brüder verstehen sich mittlerweile mit Vidal.

Sie haben Kontakt und sprechen miteinander, Belinda denkt, dass es immer ein tieferes Band zwischen Vidal und Alejandro geben wird, doch das wird sich erst zeigen, wenn er irgendwann wiederkommt.

Sie hat ihm erst heute Morgen geschrieben, dass auch sie April vermisst, doch dass es noch schwerer wird, wenn sie nun auch ihn verloren hat.

Belinda hofft jeden Tag, dass er zurückkommt.

»Ich ersticke.«

Sie stellt die Schüsseln, das Eis und die Erdbeeren ab und jeder tut sich etwas auf. Alena schmiert etwas kühlendes Gel auf Camillas Füße, die wahnsinnig geschwollen sind. Auch sie hat Wassereinlagerungen, aber die halten sich noch in Grenzen, je heißer es wird, umso heftiger schwellen Camillas Füße an. Ihre Mutter sagt, dass sie das in den Schwangerschaften auch immer hatte.

Gerade jetzt fehlt ihr auch ihre Mutter so sehr. Sie würde sich gern mit ihr austauschen, hätte sie in dieser Runde bei sich, doch sobald sie daran denkt und ihre Tränen ihr in die Augen steigen, sieht sie zum Himmel und lächelt. Das ist ihr einziger Trost.

Es ist extrem heiß in Puerto Rico, es ist immer warm, doch gerade hat das Wetter hier seinen Höhepunkt. Alle leiden darunter, doch die Schwangeren besonders. Belinda konnte die letzten zwei Nächte kaum schlafen, sie hat ständig leichte Wehen, doch es sind noch normale Vorwehen, wie die Ärzte ihr immer wieder gesagt haben.

Gestern war sie unruhig, hat im Kinderzimmer alles umgeräumt und sich nur dort aufgehalten. Heute Morgen ist Vidal mit Dante und seinem Bruder zu einem wichtigen Termin gefahren und sie hat angefangen, ihr Schlafzimmer aufzuräumen, da sind nach und nach zum Glück alle vorbeigekommen und haben sie abgelenkt, die Schmerzen sind durch ihre Putzattacken schon stärker geworden.

Jetzt geht es wieder, sie legt die Beine hoch, sie liegen unter dem Ventilator in gemütlichen Terrassenmöbeln und genießen alles Kalte, was der Kühlschrank hergibt. Die Babys sind schon den ganzen Tag sehr ruhig, doch Belinda hat immer wieder Krämpfe.

Die ersten Tage hat sie alle damit verrückt gemacht, sie sind viermal zu den Ärzten gefahren oder die Ärzte sind gekommen, aber jedes Mal waren es nur Vorwehen. Deswegen sagt sie auch nichts weiter, streicht die Schmerzen weg und atmet tief aus, wenn sie wieder abschwächen.

Sie hat eine gute Schwangerschaft, sie bekommt Zwillinge und hat sich schon Horrorgeschichten angehört, doch außer dem Umstand, dass ihr Bauch ungewöhnlich groß ist und sie sich nur schwer schneller fortbewegen kann, hat sie nicht sehr viele Beschwerden.

Sodbrennen, Müdigkeit, Übelkeit und Wassereinlagerungen gehören für sie zu einer normalen Schwangerschaft dazu.

Schlimmeres hatte sie zum Glück nach den ersten drei Monaten nicht.

Zur Zeit trägt sie nur noch weite leichte Sommerkleider, auch heute hat sie ein weißes gehäkeltes an und hat ihre Haare zu einem Zopf geflochten. Sie hört zu, wie Vidals Mutter eine Geschichte erzählt, die damals in der schlimmsten Zeit der Feindschaft beider Familias passiert sein soll.

Belinda liebt das. Vidals und Alenas Mutter mögen sich, sie sprechen viel über die Feindschaft, doch völlig ohne Vorwürfe, so lernen beide Seiten, wie das für die anderen war und einiges kommt zutage, was die andere Familia noch gar nicht weiß. Es ist gut, dass mittlerweile wenigstens ein paar Leute so normal mit alldem umgehen können.

Sie erzählt, dass es damals einen Mann bei ihnen gegeben haben soll, der sich in eine Frau der Sombras verliebt haben soll. Sie war nur eine Tochter einer der Männer, keiner aus den engeren Kreisen, doch trotzdem war allein dieser Gedanke so abwegig, dass die beiden damals geflüchtet sind.

Auch Alenas Mutter kann sich an solch eine Geschichte erinnern, weiß aber keine Namen dazu. Umso schöner ist es, dass sie nun alle zusammensitzen können.

Camilla erzählt gerade eine ähnliche Geschichte aus ihrem Dorf von zwei Familien, die sich jahrelang um Land gestritten haben, da durchfährt Belinda plötzlich ein heftiger Schmerz, so stark, dass sie im ersten Reflex erschrocken aufsteht und dabei die Schüssel mit Eis zu Boden fällt.

Sie atmet tief ein und hält sich den Bauch.

»Oh nein; Belinda, atme ruhig ein.«

Belinda öffnet die Augen, sie hat gar nicht bemerkt, dass sie sie reflexartig zugekniffen hat.

Nun stehen alle. Ihre Tante ist bei ihr und streicht über ihren Arm und alle anderen sehen auf ihr Kleid. Belinda sieht selbst hin, als sie spürt, dass es nass ihre Beine herunterläuft.

Ihr Kleid ist nass und hellrosa verfärbt. Sie hat nicht nur ihr Fruchtwasser verloren, sie blutet auch leicht. Belinda will panisch fragen, ob das schlimm ist, doch sie kann nicht, ein neuer Schmerz lässt sie aufstöhnen, von einer Sekunde zur anderen ist der Schmerz viel stärker geworden.

»Okay Süße, halt durch. Alena, ruf die Männer an, sag, sie sollen ins Krankenhaus kommen. Alicia, hol den Wagen. Belinda, komm mit mir. Wir müssen in die Klinik. Camilla, ruf da an und sag denen, dass wir kommen.«

Belinda würde gerne, doch ihre Beine zittern aus Angst davor, ob alles in Ordnung ist und erst als die nächste Schmerzwelle vorüber ist, schafft sie es, sich ein wenig zu bewegen. Ihr Kleid ist nass, doch sie will nur wissen, ob mit den Babys alles in Ordnung ist.

»Ist das normal? Dass da auch Blut ist?«

Vidals Mutter sieht sie besorgt an. »Ich weiß nicht, Belinda, aber ich denke, dass alles gut wird. Den Babys geht es gut und wir fahren zu den Ärzten, okay? Deine Wehen kommen schon sehr schnell, wie lange hast du schon Wehen?«

Belinda schafft es vor die Haustür.

Dort steht Alicia mit dem Auto, sie bekommt gar nicht alles mit, was um sie herum passiert, doch als sie sich ins Auto setzen soll, schafft sie es nicht, es tut noch mehr weh. »Das geht nicht, auf keinen Fall.« Sie atmet tief ein, erst als die Sitze weiter verstellt sind, schafft sie es. Zu sitzen macht all das noch schlimmer, Belinda schließt die

Augen, während ihre Tante sie schnell in Richtung Krankenhaus fährt.

»Wo ist Vidal? Wie lange braucht er?« Sie braucht ihn jetzt. »Die Männer waren schon auf dem Weg nach Hause, er ist sicher schon an der Klink, mach dir keine Sorgen; es ist wichtig, dass du gut und richtig atmest, Belinda, für die beiden Kleinen, versuch ruhig zu bleiben, Schatz, du zitterst.«

Sie nickt. »Mein Vater, meine Brüder ...« Sie hat nicht gemerkt, dass Alena hinter ihr sitzt, bis sie ihre Lippen an ihrer Wange spürt. »Alle wissen Bescheid, gib mir deine Hand, wir sind gleich da.«

Vidal hat sich immer Gedanken gemacht, dass es zu lange zu den Ärzten dauern könnte, doch da sie ja auch nicht wussten, wo Belinda in dem Moment der Geburt ist, war auch nicht klar, wo sie das provisorische Krankenhaus hätten aufbauen sollen.

Nun kommt es Belinda ewig vor, sie hat zwei starke Wehen, bevor sie endlich auf dem Parkplatz einfahren, wo schon mehrere Autos stehen und wo Vidal sofort an ihrem Wagen ist.

Belinda hat ihn nun mittlerweile in vielen Situationen erlebt, doch als er auf sie blickt, auf das Kleid und das Blut, wird er ganz blass. Er ruft nach den Ärzten und öffnet die Tür des Autos. »Komm her, komm, hast du starke Schmerzen?« Belinda schließt die Augen, als Vidal sie auf den Arm nimmt und sie ohne weiter auf irgendetwas zu achten in das Haus trägt, aus dem gerade alle stürmen wollen.

Die Ärzte und Schwestern sehen Belinda an und handeln.

»Wie lange haben Sie Schmerzen, wie ist das Fruchtwasser rausgelaufen? Spüren Sie die Kinder?«

Belinda schafft es nicht, richtig zu antworten, die nächsten Wehen kommen. Die Ärzte hören die Herztöne der Kinder ab und schließen sie an viele Geräte an. Erst da tritt etwas Ruhe ein, sie alle hören laut die kräftigen Herzen der Babys.

Es werden weitere Untersuchungen gemacht.

»Dass sie auch etwas bluten, ist nicht schlimm, doch mir machen die Lage der Babys und die Herztöne etwas Sorgen. Die Kleinen sind unter Stress, unter normalen Umständen kann die Geburt noch mehrere Stunden dauern und das würde ich den Kindern nicht zumuten wollen. Sie liegen nicht optimal und selbst wenn das eine Kind gut rauskommt, kann es für das andere gefährlich sein. Ich ...«

Belinda nickt. »Wenn es ein zu hohes Risiko ist, dann holen sie die Babys gleich. Ihre Sicherheit geht vor allem.« Die Ärzte nicken, in dem Moment kommen ihr Vater, Ponce und Santos auch zu ihnen. Auch sie werden blass, als sie auf das Blut sehen.

»Macht den OP fertig!«

Belinda atmet tief ein, sie wird bald ihre Kinder sehen. Ihr Vater kommt und küsst ihre Wange. »Es ist alles in Ordnung, sie holen jetzt die Babys, bald bist du Opa.« Er lächelt und auch wenn Belinda Angst hat, vor dem, was kommen wird, lächelt sie zurück.

Dann geht alles ganz schnell. Sie wird in einen separaten Raum gebracht. Im OP darf nur noch eine Person, also Vidal, sein. Während auch er vorbereitet wird, wird Belinda umgezogen, sie bekommt nur ein OP-Nachthemd an und sie setzen ihr eine Spritze in den Rücken.

Es brennt, doch Belinda ist so auf die Babys fixiert, dass sie alles andere kaum wahrnimmt. Als sie dann zurückgelehnt wird und ein Tuch gespannt wird, was ihren Ober- und Unterkörper abtrennt, kommt Vidal in den Raum.

Auch er trägt einen Kittel wie die Ärzte und setzt sich auf einen Hocker neben sie. Die Ärzte fragen, ob sie etwas spürt, doch sie spürt nichts, Vidal küsst ihre Wange. »Ich habe mich so erschrocken, als ich das Blut sah, ich glaube, als ich zur Klinik gerast bin, habe ich alle Autos hinter mir gelassen, Elian neben mir hat gebetet.«

Wäre Belinda nicht so angespannt, würde sie lachen, sie sieht ihm dankbar in die Augen und Vidal küsst ihre Nase. »Ich sage dir jetzt ein letztes Mal alleine, dass ich dich liebe, in ein paar Sekunden wirst du nicht nur die Frau meines Herzens, sonders auch die Mutter meiner Kinder sein.«

Belinda spürt die Träne, die ihr die Wange herunterkullert, doch dann hört sie einen Schrei und dieses Geräusch ändert alles. »Hier ist ein kräftiger Junge, der es nicht erwarten konnte, seine Mutter als Erstes kennenzulernen.«

Belinda hält den Atem an, als ihr Paz in den Arm gelegt wird. Über sie wird sofort ein Handtuch ausgebreitet und sie drückt ihren Sohn liebevoll an sich.

Es ist ein Gefühl, was man nicht beschreiben kann, immer wieder küsst sie dieses kleine Wesen, sieht ihn an, blickt Vidal in die Augen. »Er ist wunderschön.« Auch Vidal küsst den winzigen Kopf seines Sohnes.

Er hat pechschwarze Haare wie sein Vater, er ist dunkler, genau wie Vidal, Belinda hat das Gefühl, eine Miniversion von ihm im Arm zu halten. Erst schreit er einen Moment weiter, doch dann beruhigt er sich und kuschelt sich an Belinda. »Mein Schatz.« Belinda kann es nicht glauben. Sie hat immer gedacht, sie wüsste, was Liebe ist, doch als sie auf diesen kleinen Menschen blickt, der seine Augen kaum öffnen kann und an ihrem Arm zu saugen anfängt, beginnt ihr Herz noch einmal neu zu schlagen.

Ein weiterer Schrei, viel zarter als der erste, durchbricht diesen Moment. »Und die kleine Prinzessin möchte auch zu ihren Eltern.« Im nächsten Augenblick wird ihr Vida gereicht. Vidal nimmt Paz an sich, er wickelt seinen Sohn in das Handtuch ein und sieht genauso fasziniert wie Belinda auf ihr kleines Mädchen.

Vida ist sofort ruhig, sie hat im Gegensatz zu ihrem Bruder die Augen schon weiter geöffnet und es wirkt so, als würde sie sie neugierig betrachten. Vida ist wunderschön, sie ist viel heller als ihr Bruder, sogar als Belinda. Ihre Haare sind hellbraun und ihre Augen scheinen auch heller zu sein. »Vidal, sieh nur, wie schön sie ist.« Vidal küsst die Wange seiner Tochter. »Sie ist so viel kleiner als Paz, sie sieht aus wie du, mein Schatz.«

Belinda weiß nicht, wie viel Zeit vergeht, es kommt ihr wie Minuten vor.

Die Ärzte lassen ihnen die Zeit, ihre beiden Babys zu begrüßen.

Irgendwann als sie fertig sind, kommt eine Schwester und bringt Vida und Paz zusammen mit Vidal zu einem Tisch, wo sie untersucht werden, ein wenig gewaschen und angezogen werden, während Belinda in ein großes bequemeres Bett gelegt wird.

Sie kann noch nicht viel spüren an ihren Beinen, doch sie beobachtet zufrieden, wie Vidal mit den beiden Kleinen umgeht. Als er in jedem Arm eines trägt und stolz verkündet, dass sie gesund und munter sind, sieht Belinda, wie sehr er die beiden bereits liebt.

Er legt sie ihr auf die Brust, Paz scheint schon Hunger zu haben, während Vida wieder einschläft, deswegen legt Belinda ihren Sohn das erste Mal an ihrer Brust an. Vidal hält seine Tochter im Arm und kann nicht aufhören, ihre Wangen zu küssen.

Paz ist kräftig und schafft es sehr schnell zu trinken. Es ist ein unglaubliches Gefühl. Belinda sieht sich um und kann nicht glauben, dass sich innerhalb einer Stunde alles geändert hat.

Sie schmiegt Paz an sich und streicht ihm über seine dunklen Haare. Die Schwester schiebt sie in das Zimmer, was für die ersten Tage nach der Geburt eingerichtet wurde.

Sie bleiben noch einige Minuten allein; als Paz friedlich an ihrer Brust eingeschlafen ist, legt Belinda noch Vida an, die aber auch nach wenigen Zügen weiterschläft. Das alles muss für die beiden auch sehr anstrengend gewesen sein.

Dann erst geht Vidal mit Paz im Arm nach draußen und sagt den anderen, dass sie kommen können.

Ihr Vater, ihre Tante, Santos, Ponce, Elian, Dante, Camilla, Vidals Mutter und Alena kommen leise herein.

Man sieht den Stolz in Vidals Augen, als er Belindas Vater Paz in die Arme legt und man sieht jedem dieser starken Männer an, wie sie auf Paz blicken und ihr Herz verlieren.

Vidals Mutter nimmt Vida und auch sie kann nicht genug von ihr bekommen.

Nach und nach kann jeder sie halten und so werden Paz und Vida von der Familie begrüßt.

In diesem Moment ist es vollkommen egal, ob sie von der Seite der Puentes oder der Sombras sind, sie alle lieben Paz und Vida über alles und das wird sie für den Rest des Lebens vereinen.

Es ist Wahnsinn, wie schnell die Zeit plötzlich vergeht, zwischen dem Stillen, den Kontrollen der Ärzte und Schwestern, den Besuchern und allem Neuen vergehen die Stunden wie Minuten, und erst mitten in der Nacht kann Belinda all das einen Moment für sich allein genießen. Vidal schläft neben ihr im Bett, Vida auf ihrem Arm, da sie gerade gestillt wurde. Paz liegt zufrieden im Bettchen neben ihrem.

Sie küsst die Stirn ihrer Tochter, atmet diesen unvergleichbaren Duft ein, spürt die Schmerzen an ihrem Körper, doch sie weiß, dass sich diese Schmerzen lohnen und sie dafür diese zwei unbezahlbaren Geschenke erhalten hat.

Sie sieht zu Vidal und lächelt.

Er ist der Mann, den sie immer lieben wird, er ist ihr Herz und sie hätte niemals gedacht, dass sie in der Lage sein wird, noch mehr zu empfinden, doch als sie ihn heute mit seinen Babys beobachtet hat, hat sie eine neue Seite an ihm entdeckt, die sie sich noch einmal neu hat in ihn verlieben lassen.

Sie lehnt sich zufrieden zurück, das ist pures Glück.

Die Tür geht leise auf und Belinda hält den Atem an, als sie nach so vielen Monaten in Alejandros Augen blickt.

Er lächelt, als wäre er erst vor einigen Stunden gegangen.

Belinda findet keine Worte, sie hat so viel, was sie ihm sagen will, doch sie schafft es nicht. Sie sieht ihn an.

Er sieht aus wie immer, etwas dunkler, man würde nicht denken, dass er monatelang weg war, dass er durch etwas gegangen ist, was vielleicht nur Belinda ein wenig nachvollziehen kann. Auch sie hätte wahrscheinlich noch mehr gelitten, hätte sie nicht ihre Engel gehabt, für die sie stark sein muss. Nur die tiefen Augenringe unter seinen Augen zeigen, wie schwer diese Zeit für ihn war oder ist.

Alejandro kommt zu ihrem Bett. Er hat einen riesigen Strauß Blumen dabei, den er auf den Tisch legt, dann setzt er sich zu ihr und küsst lange ihre Stirn, Belinda nimmt ihn in den Arm, so gut sie kann mit Vida im Arm und weint an seiner Schulter.

Sie hat so viele Fragen, doch alles, was ihr in dem Moment einfällt, kann sie kaum sagen. »Bist du zurück?« Er nickt.

»Natürlich, ich würde doch nicht verpassen, meine Nichte und meinen Neffen zu begrüßen.« Belinda nickt und reicht ihm Vida.

Alejandro nimmt Vida zärtlich in die Arme, er küsst ihre Wange und sieht Vida lange an. »Sie sieht aus wie du.« Belinda nickt und streicht sich die Tränen weg. »Woher wusstest du das?« Alejandro deutet zu Vidal, der noch immer schläft. Sie flüstern und er scheint so müde zu sein, dass er das gar nicht mitbekommt.

»Er hat mir geschrieben und ich bin sofort hergeflogen.« Sie lächelt, Alejandro nimmt sich auch Paz aus dem Bett und hält beide im Arm. »Nun gibt es eine Mini-Version von Vidal und von dir … ich bin mir sicher, dass April ganz verrückt nach ihnen gewesen wäre.«

Belinda nickt und lächelt, auch wenn ihr weiter die Tränen die Wange herunterfließen.

»Sie fehlt mir … und du hast mir gefehlt.« Alejandro beugt sich vor und küsst sie, ohne Vida und Paz zu viel zu bewegen.

»Sie fehlt mir auch und du hast mir auch gefehlt, doch ich bleibe jetzt hier. Ich dachte, es wird mit der Zeit besser … doch das wird es nicht und ich muss zurück nach Hause kommen.«

Belinda sieht ihn an und sie weiß, dass sie dieses Bild von ihrem geliebten Bruder mit ihren beiden Babys im Arm, den Mann, den sie liebt, neben sich, niemals vergessen wird.

Es ist tief in ihr Herz gebrannt und auch wenn sie weiß, dass es schwer sein wird und dass sie lange brauchen und April niemals vergessen wird, weiß sie dennoch, dass es wieder gut wird und dass auch Alejandro irgendwann wieder lachen kann.

Lesen Sie weiter in ...

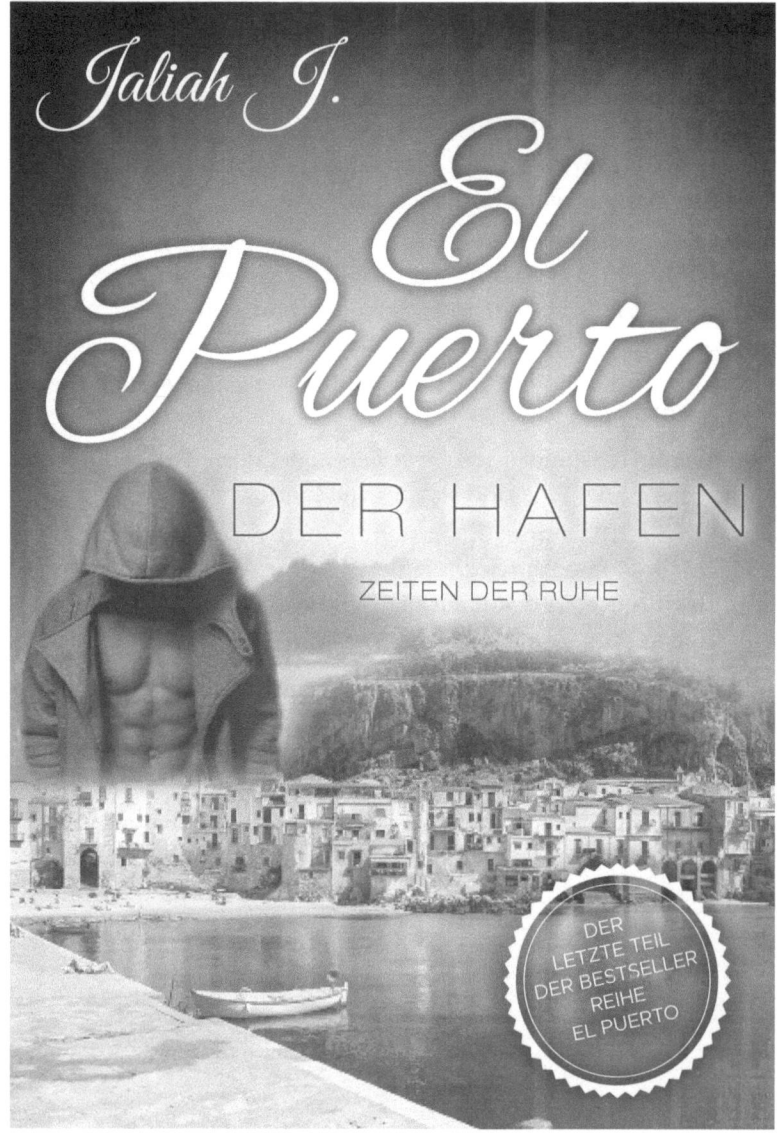

El Puerto – Der Hafen 10

Zeiten der Ruhe

Belinda tritt auf den Rasen.

Sie streckt die Nase der Sonne entgegen und atmet dankbar ein.

Es ist beängstigend, wie schnell die Zeit vergangen ist, heute ist der zweite Geburtstag ihrer kleinen Wirbelwinde und ihr kommt es so vor, als hätte sie sie gerade erst geboren.

Es war sehr turbulent in den letzten zwei Jahren, doch durchweg positiv.

Camillas und Dantes Sohn Salva ist der liebste Spielkamerad von Vida und vor allem von Paz. Die beiden halten zusammen alle auf Trab, während Vida darauf wartet, mit Lillys und Santos' Tochter Mariza zu spielen, die vor fünf Monaten zur Welt kam.

Die Familias wachsen und wachsen und das nicht nur wegen der Babys.

Auch wenn sie alle es nie für möglich gehalten hätten, tut der Frieden, der nun zwischen den Familias herrscht, allen gut. Auch ihren Geschäften, weil sie sich einfach mehr darauf konzentrieren können und mehr Möglichkeiten haben.

Die Regeln wurden neu festgesetzt. Mittlerweile ist es normal, dass die engste Familie, das bedeutet, ihre Brüder und ihr Vater und Alenas Mutter und ihr Bruder, so wie auch Levi und ihr Onkel zu ihnen in die Cuidad können. Es ist nicht sehr oft bei den Männern, aber sie kommen hin und wieder, wenn auch Belinda mehr Zeit bei ihrem Vater im Haus verbringt, um alle jeden Tag oder spätestens jeden zweiten zu sehen.

Am häufigsten kommt Alejandro vorbei; wie Belinda es immer geahnt hat, versteht er sich am besten mit Vidal, wenn man ihre Vorgeschichte vergisst, kann man fast glauben, sie wären gute Freunde.

Vidal und Elian gehen auch in der Cuidad der Sombras ein und aus, auch Dante hat sie dort schon mal abgeholt, doch das alles ist noch zurückhaltend. Vidal versteht sich mittlerweile gut mit ihrem Vater. Vidals Vater ist verrückt nach seinen Enkeln, er hat beiden fahrende kleine Autos zum Geburtstag geschenkt.

Belinda bezweifelt zwar, dass sie sie fahren können, doch sie ist einfach nur froh, dass er sein Herz für die beiden geöffnet hat.

Es ist nach den Zeiten des Sturmes Ruhe eingekehrt, eine schöne Ruhe.

Ponce und Alina sind verlobt und Roman hat Emilia geheiratet. Sie feiern viele Feste, doch auch das alles noch sehr getrennt. Heute feiern sie hier und morgen noch einmal bei ihrem Vater den Geburtstag, so ist es auch an Weihnachten und allen anderen Tagen.

Ihr Vater und ihre Brüder waren heute Morgen kurz da und sie haben mit den Kleinen gefrühstückt.

Es ist mehr, als sich Belinda erträumt hatte, sie wusste nicht, ob solch ein Frieden möglich ist. Doch noch ist nicht alles gut. Das einzige Mal, dass Belindas Vater und Vidals Vater sich getroffen haben, war, um neue Regeln auszuhandeln, danach nie wieder und besonders an Tagen wie heute schmerzt es Belinda und das wissen auch alle.

Vidal und sie sind glücklich, sehr glücklich. Vida und Paz sind der Segen ihrer Liebe, doch immer wenn er sie bittet, seine Frau zu werden, kann sie ihm nur antworten, dass sie ihre Hochzeit nicht zweimal feiern wird und auf keinen Menschen, den sie liebt, verzichten möchte.

Er hat es langsam aufgegeben zu fragen, doch auch wenn sie weiß, dass sie mit der jetzigen Situation schon zufrieden sein kann, hat sie die Hoffnung nicht aufgegeben, dass sie auch das noch besser hinbekommen.

Belinda sieht zum Himmel, es ist genauso heiß wie an dem Tag der Geburt der Zwillinge, doch man sieht weit hinten einige dunkle Wolken aufziehen.

Belinda hat in den letzten Tagen ein ungutes Gefühl.

So ruhig alles auch ist, hat sie ein wenig die Befürchtung, dass etwas passiert, dass sich neuer Ärger ankündigt, besonders bei Alejandro hat sie das Gefühl, es stimmt etwas nicht.

Das Verhältnis zwischen ihnen war schon immer besonders. Sie hat der Tod von April und ihre Trauer um sie nur noch mehr zusammengeschweißt.

Belinda hat alle Phasen von Alejandro miterlebt.

Die große Trauer, das Verdrängen, die Ablenkung, und so langsam scheint der damit zu leben gelernt zu haben, doch seit einigen Tagen wirkt er wieder fahrig und durcheinander.

Belinda sieht vom Himmel weg, sie hofft, sie bildet sich das nur ein. Sie möchte, dass diese Zeiten der Ruhe anhalten, sie tun ihnen allen gut.

Vida und Paz kommen auf sie zugerannt. Sie haben die Torten und Kekse bestaunt. Es gibt eine Einhorn- und Cars-Party, alles in einem und als die beiden auf sie zustürmen, kniet sich Belinda hin und sieht ihnen entgegen.

Paz ist ein Ebenbild seines Vaters. Er sieht aus wie Vidal, doch er trägt den Leberfleck von Alejandro und ihr auf der Wange. Er ist wild und laut und alle Männer lieben ihn über alles, sein Vater kann Stunden mit ihm herumtoben.

Obwohl die beiden Zwillinge sind, könnten sie nicht unterschiedlicher sein.

Vida ist hell, noch heller als Belinda. Sie hat sehr viel von Belindas Mutter. Sie hat dunkelblonde Locken, die mittlerweile schon richtig lang sind und grüne Augen mit hellbraunen Sprenkelungen darin, ähnlich wie Belinda, aber noch ein wenig heller.

Vidal macht sich schon jetzt Sorgen, wie sie den Männern den Kopf verdrehen wird, wenn sie älter wird, und auch wenn sie genauso alt wie Paz ist, ist er ganz anders zu ihr. Er trägt sie ständig herum und sie schläft fast jede Nacht auf seiner Brust ein. Vidal und alle anderen tragen sie auf Händen und sie hängt neben Vidal vor allem an Alejandro und ihrem Vater.

Heute tragen beide alles in Weiß, Vida ein weißes Kleid und Paz eine Hose mit einem Hemd.

Belinda nimmt sie in die Arme und drückt ihre beiden Engel fest an sich.

Sie blickt noch einmal zum Himmel, und statt wie sonst dorthin zu lächeln und an ihre Mutter, April und ihre Tante zu denken, sieht sie besorgt auf die Wolken die aufziehen und drückt ihre Kinder automatisch fester an sich.

September 2019

Entdecken Sie die atemberaubende Welt von Jaliah J. ...

Zwei Leben, die unterschiedlicher nicht sein könnten
und doch miteinander verknüpft sind.
Folgt Hailey und Selena auf ihrem aufregenden Weg
in einen neuen Lebensabschnitt und lauscht dem
bittersüßen Herzschlag des Lebens.